Die Wahrheit hinter der Maske

Ebenfalls von der Autorin im Verlag Book on Demand erschienen:

Flieg mit mir, mein Schwarzer Schwan!
ISBN-10: 3848204053
ISBN-13: 978-3848204052

Der Tanz des Schwarzen Schwans!
ISBN-10: 3732235831
ISBN-13: 978-3732235834

Fly with me, my Black Swan!
ISBN -13: 978-3732246182
ISBN -10: 3732246183

Die Autorin

Edyta Zaborowska wurde 1970 in einem kleinen Dorf in
Südostpolen geboren. Ihre Kindheit, Jugend und Erziehung
waren geprägt vom Niedergang des Sozialismus und von
strenger katholischer Lehre. Nach dem Abitur folgte ein
Studium der Musik und Kunst in Breslau. Im Alter von
zweiundzwanzig Jahren siedelte sie ohne Kenntnis der deutschen Sprache und gegen den Willen ihrer Familie alleine
nach Deutschland aus. Später folgten verschiedene Anstel-
lungen, unter anderem im kaufmännischen Management,
sowie musikalische Engagements im In- und Ausland.
Die Wahrheit hinter der Maske ist ihr drittes Werk.

Weitere Informationen zu der Autorin unter:
http://edytaswelt.jimdo.com/

Die Wahrheit hinter der Maske

Eine Novelle
von
Edyta Zaborowska

Bibliografische Information der Deutschen Nationalbibliothek:
Die Deutsche Nationalbibliothek verzeichnet diese Publikation in der Deutschen Nationalbibliografie; detaillierte bibliografische Daten sind im Internet über dnb.d-nb.de abrufbar.

© 2013 Edyta Zaborowska
Umschlagsgestaltung: 3xL@lustlovelatex.com
Foto: EdytasWelt
Korrektur: delicae / Fernando Escravo
Herstellung und Verlag:
BoD – Books on Demand, Norderstedt
Hergestellt in Deutschland
ISBN 9783732288182

INHALT

Tag 1: Vorspiel – Der Weg in die Dunkelheit

Freudestrahlend schlenderte Adrian Schönfeld an diesem Vormittag über den sonnendurchfluteten Flur des Bürohochhauses. Von hier oben konnte er auf die vielen Hausdächer herabsehen, die sich als rot-grauer Flickenteppich bis zum dunstigen Horizont hin erstreckten. An einem der großen Panoramafenster stoppte er und sah lächelnd auf die Stadt herab. Er hätte die ganze Welt umarmen können, so glücklich war er. Endlich, heute waren die Frau Abteilungsleiterin und ihr Fräulein Sekretärin aus dem Urlaub zurückgekehrt, und sie hatten soeben seine Begrüßungsgeschenke, zwei große Blumensträuße mit roten Rosen, angenommen.

Um seine Aufgaben als Wirtschaftsprüfer – seine ursprüngliche Aufgabe war es, als externer Berater die wirtschaftliche Leistungsfähigkeit des Betriebes zu prüfen – kümmerte er sich inzwischen kaum noch, seit er vor sechs Wochen die Bekanntschaft mit den beiden Damen aus dieser Firma gemacht hatte.

Das erschien auch bedeutungslos seit dem letzten Besuch in ihrem Büro, bei dem ihm auf unmissverständliche Weise demonstriert wurde, wer seine wahren Vorgesetzten im Betrieb waren. Wichtig war für ihn jetzt, die ihm von der Mistress Ewa und ihrer Zofe Hanna aufgetragenen Aufgaben zur vollsten

Zufriedenheit zu erledigen. Dazu gehörte auch, dass er alle verdächtigen Personen zu beobachten hatte, die von ihrem pikanten Doppelleben als Betreiberinnen eines Dominastudios Kenntnis haben könnten. Dies traf anscheinend auf einen gewissen Reinhold Hornstein zu, ein etwa fünfzigjähriger Buchhalter aus der Rechnungsabteilung. Warum gerade dieser unauffällige Mitarbeiter das Geheimnis der beiden Frauen entdeckt hatte, das wurde ihm nicht gesagt. Das war auch nebensächlich. Was zählte, waren die Anweisungen der Herrin und ihrer Zofe. Denn zu sehr hoffte er darauf, durch seinen Gehorsam noch mehr in ihrer Gunst zu steigen oder zumindest die Andeutung ihres Wohlwollens zu erhaschen.

Er blickte auf die Uhr und dachte wieder an den wohligen Schmerz auf seinem Hintern. Er wusste: Falls sie mit ihm nicht zufrieden wären, würde sein Oberkörper alsbald wieder mit herunter gelassener Hose über den Schreibtisch gebeugt sein, um die verdiente Strafe mit der Reitgerte zu empfangen.

***

Am späten Nachmittag verließ Schönfeld unter einem Vorwand das Büro und stieg die Treppe in den Keller hinab. Das Gebäude war zu dieser Zeit schon fast leer. Alles war ruhig und in kaum einem der vielen Büroräume wurde noch gearbeitet.

Am untersten Treppenabsatz im Keller angekommen, schaute er vorsichtig um die Ecke des Flures. Von hier aus hatte er einen direkten Blick in die Aktenhaltung am Ende des Korridors, wo Hornstein sein Büro hatte. Offenbar war dieser gerade im Begriff, Feierabend zu machen, denn Schönfeld beobachtete, dass sich der Buchhalter einen Mantel anlegte und daraufhin durch den dunklen Flur zur Tür ging, die zum Parkhaus führte. Schönfeld spürte einen kühlen Hauch und begann zu frösteln. Wie ein rätselhafter Schatten bewegte Hornstein sich, sein schwarzer Mantel schien mit der Dunkelheit des Flurs zu verschmelzen. Nur schemenhaft waren die Konturen des Mannes auszumachen, der sich geräuschlos zum Ausgang bewegte. Wer war dieser unheimliche Mensch nur, fragte sich Schönfeld und fühlte eine rätselhafte Gefahr, die von ihm ausging.

Das laute, metallische Krachen der ins Schloss fallenden Ausgangstür riss ihn aus seinen Gedanken. Er wartete kurz und trat vorsichtig hinter der Mauerecke hervor, darauf bedacht, nicht das kleinste Geräusch zu verursachen. Er öffnete leise die Tür zu Hornsteins Kellerbüro und betätigte den Lichtschalter. Das ruhige Summen der aufleuchtenden Neonröhren begann die Stille in der riesigen Aktenhaltung zu erfüllen. Es roch nach altem Papier. Der Staub von unzähligen Akten juckte in der Nase, reizte die Schleimhäute, so dass er ein Niesen unterdrücken musste.

Ein aufgeräumter Schreibtisch, ein Drehstuhl und ein Kleiderschrank waren die einzigen Büromöbel, die sich im Eingangsbereich des großen Raumes befanden. Lange Aktenregale begannen hier und schienen sich in der Tiefe der Aktei zu verlieren.

Vorsichtig zog er an den Griffen der Türen und Schubladen des Schreibtischs und des Schranks. Alles war verschlossen. Auf Hornsteins Schreibtisch lagen nur einige ordentlich nebeneinander gelegte Schreibgeräte und ein paar sauber aufeinandergestapelte Akten. Auf dem Aktenstapel war eine Notiz in akkurater Handschrift vermerkt: „ABLAGE IN REGISTRATUR". Jeder Buchstabe war so sauber geschrieben, als wäre er gedruckt.

Er arbeitete schon lange genug als externer Wirtschaftsprüfer und war schon in zahlreichen Unternehmen beratend tätig gewesen, kannte daher die Gewohnheit vieler Büromitarbeiter, die Schlüssel für Schreibtische und Schränke nicht mit nach Hause zu nehmen, sondern irgendwo im Büro zu verstecken. Eine Weile suchte er ziellos, tastete auf dem Schrank und den vielen Aktenregalen, bis seine rechte Hand schließlich einen kleinen Metallgegenstand auf einem Regal ertastete, den er lächelnd hervorholte: ein Schlüssel. Das musste er sein, freute er sich und ging zum Schreibtisch zurück. Der Schlüssel passte und mit einem leisen Klicken öffnete sich das Schloss. Er zog eine Schublade hervor und nahm einige Papiere und Büromaterialien heraus, unter denen er nach kurzer Suche ein Notizbuch fand, auf dessen Umschlag der Begriff „FRAU" geschrieben war. Die Buchstaben waren in einer ebenso sauberen Handschrift, wie die auf der Aktennotiz. Er klappte das Buch auf und erschrak, als er auf die Seiten starrte.

Die darin enthaltenen Eintragungen waren in einer unsauberen, nahezu unlesbaren Schrift verfasst. Jede Seite war mit scheinbar zusammenhangslosen Wörtern, Kritzeleien und Zeichnungen überfüllt. Schimpfworte und Gewaltfantasien wechselten sich mit seltsamen Prophezeiungen und Zitaten ab. Die Bilder waren besonders abstoßend. Zeichnungen von nackten Frauen, die dunklen Kreaturen geopfert werden, erinnerten ihn an Darstellungen von Opferritualen aus grauer Vorzeit. Auf einigen Seiten fand er eingeklebte Zeitungsartikel über Vergewaltigungen und war sich sofort sicher, dass es sich um Hornsteins Taten handeln musste. Und dann entdeckte er auf der letzten Seite eine Eintragung, die sein Herz fast zum Stillstand brachte: die Anschrift des Studios, das Ewa und Hanna soeben erst eröffnet hatten.

Plötzlich wurde die Stille unterbrochen. Krachend fiel eine Metalltür ins Schloss.

Hastig nahm er das Buch an sich, verschloss die Schublade und legte den Schlüssel zurück auf das

Regal. Dann löschte er das Licht und tastete sich in die Dunkelheit der Aktenregale vor. Er wusste, dass er nicht gesehen werden durfte, denn er befürchtete, dass eine Begegnung mit diesem Menschen hier unten furchtbare Folgen haben könnte. Leise schlich er sich tiefer in die Dunkelheit der hintersten Winkel des großen Raumes.

Zunächst hörte Schönfeld nur das Klicken, dann das leise Summen der sich aufladenden Leuchtstoffröhren. Die Finsternis um ihn herum wich einem kalten Licht. Nur keinen Laut verursachen, dachte er und beobachtete aus seinem Versteck, wie Hornstein durch das Büro schritt und dann den Schlüssel vom Aktenregal herunternahm.

Das Buch! Er sucht das Buch! Schönfeld hätte diesen entsetzlichen Gedanken vor Schreck fast laut ausgesprochen, musste sich die Hand vor den Mund pressen.

Hornstein hielt inne und lauschte. Lange Zeit verharrte der Mann regungslos am Schreibtisch und schien in die Tiefen des Raumes hinein zu horchen.

Hatte er den Gedanken doch laut ausgesprochen, oder hatte er vielleicht geniest, fragte sich Schönfeld und wagte kaum noch zu atmen. Voller Entsetzen beobachtete er jetzt, dass Hornstein sich in Bewegung setzte und zwischen den Regalen verschwand. Lautlos glitt der schwarze Mantel durch die Aktenreihen. Schönfeld spürte wieder diese Kälte, fühlte einen kühlen Hauch auf seiner Stirn, auf die sich ein dünner Schweißfilm gelegt hatte. Er wusste, dass er nun in seinem Versteck gefangen war. Voller Furcht machte er sich noch kleiner. Der Schatten hatte ihn inzwischen fast erreicht, blieb dann unvermittelt auf der anderen Seite des Regals stehen. Ganz deutlich war der schwarze Mantel durch die Reihe der abhängenden Akten zu erkennen. Schönfeld hielt die Luft an und schloss die Augen. Dann hörte er Schritte, die auf ihn zukamen.

Das nächste, was er bemerkte, war eine Hand, die sich auf seinen Mund drückte, und kaltes Metall, das sich in seine Kehle schnitt und darauf scheinbar mühelos seine Halsschlagader durchtrennte. Schmerzen spürte er nicht, er fühlte sich plötzlich nur müde und sah auf sein weißes Oberhemd herab, auf dem sich ein roter Fleck bildete, der immer größer wurde. Adrian Schönfeld schloss die Augen, Dunkelheit umhüllte ihn.

Er bemerkte nicht mehr, dass ihm das Buch, welches seine leblose Hand noch immer umklammert hielt, abgenommen wurde.

Tag 2: In den Armen des Monsters

Hanna rieb sich die Augen und drückte die Entertaste. Die E-Mails waren abgeschickt und es gab jetzt kein Zurück mehr. Ab dem morgigen Sonntag würde der Text:

Neu! Dominastudio! Neu!
Miss Latexa und Herrin Ewa in Latex, Lack, Leder,
Seide und Satin
Studio – Kabinett – Klinik – Gummipuppenspiele

in den Kleinanzeigen von Lokalblättern und auf einschlägigen Internetseiten erscheinen und dann würden hoffentlich bald die ersten Kunden bei ihr anrufen.

Sie klappte den Laptop zu und sah zur Uhr. Es war schon neunzehn Uhr. Wo blieb Ewa nur? Nach dem Besuch von Schönfeld im Büro am Vormittag hatten sie sich vorgenommen, heute Abend noch einige Rollenspiele durchzusprechen, die sie in Zukunft mit zahlungskräftigen Kunden hier im neuen Studio verwirklichen wollten.

Sie tippelte etwas nervös mit dem Finger auf dem Wohnzimmertisch, stand dann auf und verließ den Raum. Wer hätte jemals gedacht, dass ich eines Tages die Inhaberin eines Dominastudios sein würde, dachte sie sich nicht ohne Stolz und schlenderte über den Eingangsflur zum Studiobereich. Das Studio umfasste drei der insgesamt sechs Zimmer der geräumigen Wohnung und war nach langer Renovierungszeit nun endlich komplett eingerichtet. Eines der Zimmer war zu einem Untersuchungsraum mit einem von der Vormieterin – einer asiatischen Domina – übernommenen Gynäkologenstuhl für Klinikspiele umfunktioniert worden. Das zweite Zimmer war ein fast vollständig ausgestatteter Sessionsraum. Einige Geräte in diesem Raum stammten ebenfalls noch von der thailändischen Vorgängerin: ein Pranger, ein stabiler Sklavenkäfig aus Metall, ein Prügelbock und ein Thron. Zentraler Punkt des Raumes war allerdings ein von einem Tischler gefertigtes Andreaskreuz, an das die Kunden gekettet werden konnten. Das große Holzkreuz war schon einige Jahre alt, sah aber fast noch wie neu aus und war mit schwarzem Leder bezogen. Sie schaute sich um und betrachtete die vielen an der Wand hängenden Masken, Knebel, Gasmasken, Peitschen und Reitgerten, die sie in den vergangenen Wochen zusammengetragen und dort angebracht hatten. Bald schon würde sie hier die Gebieterin über ihre Kunden sein, ihnen wahre Hingabe anerziehen, sie bis an ihre Grenzen führen und vielleicht sogar darüber hinaus.

Die Türklingel im Wohnungsflur läutete.

Das muss Ewa sein, freute sich Hanna. Sie eilte zur Tür und riss sie in Erwartung ihrer Freundin auf.

Ihr Lachen wich einem Ausdruck des Entsetzens, als sie erkannte, wer vor ihr stand.

Hornsteins Hand presste sich wie ein Schraubstock um ihren Hals. Er drückte Hanna in den Flur hinein, und bevor sie einen Ton hervorbringen konnte, hatte er die andere Hand auf ihren Mund gelegt. Sie wehrte sich verzweifelt, schlug um sich und versuchte sich aus seinem Griff zu lösen.

Dann spürte sie ein feuchtes Tuch vor dem Mund und atmete den beißenden Geruch von Äther ein. Ihre Beine wurden weich und sie meinte, bis in die Knie in Watte einzusinken. Wie Wasser schwappte eine schwere Dunkelheit über sie herein.

***

Erst durch ein Poltern im Flur kam Hanna wieder zu Bewusstsein. Die Finsternis wich und langsam nahm sie die Konturen der Umgebung wahr. Verschwommene Bruchstücke tauchten aus dem Nebel der Erinnerung auf. Sie sah Hornsteins grinsendes Gesicht hinter der Tür, fühlte eine Hand an ihrer Kehle. Sie hatte etwas im Mund stecken und die Nasenwände brannten.

Plötzlich öffnete sich die Tür und Hanna bemerkte, dass Ewa in den Raum hinein gezerrt wurde. Sie schien ebenfalls betäubt worden zu sein, denn sie rührte sich nicht und ihr regloser Körper wurde über den Fußboden gezogen. Hanna schlug mehrfach die Augenlider auf und zu, bewegte die Gesichtsmuskeln, um einen klaren Kopf zu bekommen. Alles um sie herum schien unwirklich, zu phantastisch war die gesamte Szenerie, die sich vor ihrem noch immer benebelten Verstand abspielte. Sie versuchte sich zu bewegen und bemerkte, dass es nicht möglich war. Ein schrecklicher Gedanke schoss kurz durch ihren Kopf und sie sah zu dem großen Spiegel an der gegenüber liegenden Wand herüber. Sie war augenblicklich bei klarem Verstand, als sie sich darin sah: Sie war geknebelt, fast nackt und an das große Andreaskreuz gefesselt!

Es war, als würde sie den Boden unter den Füßen verlieren. Die Wände um sie herum drohten zusammenzufallen, bogen sich nach innen und legten sich als drückende Angst auf sie ab, als sie verfolgen musste, was Hornstein mit ihrer Freundin anstellte. Bis auf Slip und BH zog er sie aus und drückte den schlaffen Körper in den Käfig, der auf der anderen Seite des Zimmers stand. Er fixierte ihre Hände mit Seilen an den Gitterstäben und verklebte ihren Mund mit Paketband, krempelte dann die Ärmel seines braunen Oberhemdes bis an die Ellenbogen auf und verließ den Raum. Offenbar fühlte er sich sehr sicher und beabsichtigte, sich in den anderen Zimmern umzuschauen.

Hanna sah zu Ewa herüber, die im Käfig gefangen war, nun aber ebenfalls langsam das Bewusstsein wiedererlangte. Ewa, unfähig ein Wort zu sprechen, erwiderte Hannas ängstlichen Blick.

***

Nachdem Hornstein die Wohnung inspiziert hatte, betrat er wieder den Raum und musterte seine beiden Opfer. Er hatte alles perfekt vorbereitet. Niemand würde ihn heute mehr stören und er konnte bald sein Werk beginnen. Die verfluchte polnische Schlampe von Abteilungsleiterin sollte nun ihre Strafe für alles bekommen. Sie würde noch heute für alles büßen müssen. Endlich würde er seine Genugtuung für diese Arroganz und ihre Abweisungen bekommen, dachte er mit einem Gefühl der Befriedigung. Wie lange hatte er auf diesen Moment hinarbeiten müssen, und nun hatte er sogar beide Frauen mit einem Schlag unter seiner Kontrolle bekommen. Er konnte seine sexuelle Erregung kaum noch unterdrücken, als er an das dachte, was den Frauen bevorstehen würde. Dann wendete er sich Ewa zu, hockte sich vor den Käfig, in dem sie hilflos gefangen war.

„Ich werde mir zuerst deine kleine Freundin vornehmen. Und du wirst uns dabei zuschauen. Und wenn ich mit ihr fertig bin, dann bist du dran!", lachte er und wartete gespannt auf eine Reaktion.

Ewa versuchte so ruhig wie möglich zu bleiben und erwiderte seinen Blick. Aus welchen Gründen auch immer, aber die Stäbe zwischen ihnen verliehen ihr im Moment einen gewissen, wenn auch trügerischen, Schutz.

Er kräuselte die Stirn, wandte sich etwas verunsichert Hanna zu und öffnete ihr den Knebel.

„Na, was hast du dazu zu sagen, Hure? Ich werde mich gleich mit dir amüsieren, vor den Augen deiner Lesbenfreundin!"

Auch Hanna schwieg. Sie schloss die Augen und drehte den Kopf zur Seite.

Er überlegte kurz. Sie war offenkundig die Schwächere der beiden. Sie würde er als erste brechen, ihren Stolz vernichten und ihr anschließend diese Unnahbarkeit nehmen.

Er nahm seine Aktentasche und stellte sie auf dem Prügelbock ab, öffnete den Verschluss und holte ein Stofftuch daraus hervor, faltete es vorsichtig auf dem Boden auseinander. Dann holte er ein Fleischmesser aus der Tasche, legte es auf das Tuch und begann zu lachen.

„Unser Küchenmesser! Meine Frau wird nicht erraten, was damit zerschnitten wurde, wenn sie morgen den Sonntagsbraten damit schneidet!"

Das Lachen verstärkte sich.

„Nie wird sie es merken!", schrie er auf, griff in Hannas langes Haar hinein und begann ihren Kopf hin und her zu schütteln.

„Sieh dir das Messer genauer an! Du scheinst dir deiner Lage nicht bewusst zu sein!", brüllte er sie an und hielt ihr das Messer vor das Gesicht, während er mit der anderen Hand ihren Kopf nach vorne zog.

„Schau es dir genau an! Was meinst du, wessen Blut das ist, das daran klebt?", fragte er wütend.

Hanna erkannte nun mit aufgerissenen Augen, dass der Griff und die Klinge des Messers blutbefleckt waren.

„Es ist das Blut von eurem Lakaien, diesem Schönfeld. Er hatte es doch tatsächlich gewagt, in meinem Büro zu schnüffeln!"

Er drückte die Messerklinge an Hannas Hals.

„Morgen schon, sobald ich mit euch fertig bin, werdet ihr beiden ihm Gesellschaft leisten!"

Hornsteins Stimme hallte durch den Raum. Er war am Ziel seiner Träume, erlangte immer mehr Sicherheit und Stärke, spürte vor allem die Todesangst der Frauen. Furcht war in ihren Augen zu sehen, die voller Tränen waren, welche über gerötete Wangen rannen. Angst - das war die köstliche Nahrung der Bestie in ihm, die sich am Leiden seiner Opfer erregte. Fast andächtig ging er in die Knie, presste das Gesicht in die Scham der gefesselten Frau, zog den Duft tief in sich ein.

Hanna und Ewa sahen sich gegenseitig an, ihre Pupillen fixierten sich. Es waren die Blicke zweier Frauen, die aneinander festhielten, und sie fühlten jetzt ihre Verbundenheit, die sie zu einer untrennbaren Einheit machte. Hanna begann jetzt die dauernden Wimpernschläge ihrer geknebelten Freundin zu verstehen.

„Ich werde dir nun den Knebel öffnen, kleine Hure. Die Eisdiele im Erdgeschoss ist inzwischen geschlossen und somit ist das gesamte Haus leer. Wir sind also alleine und keiner wird eure Schreie hören!"

Seine Augen wanderten ruhelos hin und her, bis sein Blick an seiner weiblichen Beute im Käfig hängenblieb.

„Und du Schlampe! Dein Mund wird noch weiter verklebt bleiben. Somit störst du mich nicht mit deinem Gerede, wenn ich mich mit deiner Freundin unterhalte!", schrie er und hielt Hanna dabei das Messer zwischen die Beine, drückte die Klinge gegen den Unterleib.

„Na, das magst du doch, oder?", fragte er sie und drehte sich darauf zu Ewa.

„Soll ich dir zeigen, wie deine Freundin mich tatsächlich liebt?"

Er wandte sich wieder zu Hanna und drückte das Messer noch fester zu.

„Sag's mir schon, Schlampe! Wie sehr liebst du mich?"

„Bitte nicht, nein!", wimmerte Hanna.

„Möchtest du, dass ich dir wehtue? Sag's mir, meine Süße! Erzähl deiner Lesbenfreundin, wie sehr du mich begehrst!"

„Ich liebe dich!", sagte Hanna, Tränen liefen über ihre Wangen.

„Wiederhole das, deutlicher!"

„Ich liebe dich!"

„Wiederhole! Wiederhole!"

„Ich liebe dich, ich liebe dich!"

„Noch einmal! Ich mag es, wenn du so mit mir redest!"

„Ich liebe dich, ich …!"

„Jetzt sag, dass du es vor den Augen deiner Freundin von mir besorgt bekommen möchtest!", unterbrach er.

Dann lachte er auf, packte wieder Hannas Haarschopf und begann ihren Kopf zu schütteln.

„Los, sag schon deiner hochmütigen Freundin, dass du sie nicht mehr liebst und dass sie eifersüchtig sein soll, wenn du dich gleich von mir ficken lässt."

Ewa versuchte etwas zu sagen, bekam aber mit dem verklebten Mund nur ein paar unverständlich gemurmelte Töne heraus. Das veranlasste Hornstein, die scharfe Klinge des Messers noch stärker gegen Hannas Scheide zu drücken. Ihre Haut spannte sich unter dem Druck des scharfen Messers und es war nur noch eine Frage der Zeit, wann sie reißen würde und die kalte Klinge sich in den Unterleib zwischen den Schenkeln schneiden würde.

„Ewa, ich halte es nicht mehr aus. Ich mache das, was er möchte. Ich liebe ihn und will gleich mit ihm Sex haben!", heulte Hanna auf.

„Ich wusste es doch! Du verdammte polnische Schlampe, hast du deine Freundin gehört? Deine Sekretärin hat sich von dir abgewendet. Sie will einen Mann, einen echten Mann und keine Lesbe. Los, wiederhole, was du gerade gesagt hast!", befahl er Hanna.

„Ich will mit ihm Sex haben, Ewa!", sprach sie jetzt so leise, dass ihre Worte fast nicht mehr zu hören waren.

Dann hörte Hanna ein lautes Klatschen und spürte einen brennenden Schmerz auf der rechten Wange. Er hatte mit der flachen Hand so heftig zugeschlagen, dass ihre linke Gesichtshälfte so stark schmerzte, dass sie im ersten Moment befürchtete, das Bewusstsein zu verlieren.

„Habe ich dir erlaubt, so leise zu sprechen? Lauter! Wie willst du es besorgt bekommen von mir?"

Er schlug nochmals mit der flachen Hand zu.

„Ich will mit ihm Sex haben, Ewa! Von hinten!", wiederholte Hanna nun mit lauter und gequälter Stimme.

„Du glaubst ja nicht, wie viel Lust ich jetzt auf dich bekommen habe, du verfluchtes Dreckstück!"

Mit diesen Worten legte Hornstein das Messer beiseite und löste Hannas Hände von den schweren Eisenketten.

„Du hältst jetzt schön still, wenn du noch etwas leben möchtest!", befahl er, drückte sie zu Boden und fesselte ihr die Hände vor dem Bauch.

Dann öffnete er die Fußfesseln.

„Du kriechst zum Prügelbock herüber!", befahl er.

Er griff in ihre Haare und zog die auf allen vieren kriechende Hanna hinter sich her, bis sie am Holzbock angelangt waren, nahm seine Aktentasche von der Auflagefläche herunter und stellte sie davor ab.

„Und nun bücken! Leg dich da rauf! Ich will es meiner neuen Geliebten nun von hinten besorgen!"

Hanna war von einer lähmenden Furcht erfüllt, als sie sich niederbeugen musste. Auf dem Bauch liegend und die Arme nach vorne gestreckt, wartete sie hilflos auf ihren Peiniger, der sich offenbar Zeit ließ und die Vorfreude zu genießen schien. Sie schaute kurz in Ewas Augen, die ihr gegenüber im Käfig gefangen war und hilflos zuschauen musste. Erneut blinzelten Ewas Augen in einem Rhythmus, den sie nicht verstand. Angst verband sich jetzt mit einem Gefühl der Ohnmacht, eine Hilflosigkeit, welche die Oberfläche ihrer Wahrnehmung überwand und immer tiefer in sie hineinkroch. Es war wie ein Alptraum, aus dem es kein Entrinnen gab. Sie begann zu zittern. Sie würde es nicht überleben! Hornstein würde gleich in sie eindringen, sie vergewaltigen und sie beide töten, wenn er mit ihnen fertig war. Hanna fühlte, dass Angst und Hilflosigkeit immer mehr eine Gestalt in ihr annahm, die sich jetzt in ihren Körper hineinbohrte. Es war wie siedendes Öl, das sich den Weg zu ihrem inneren Kern bahnte und dort in einem brennenden Schmerz etwas zu erwecken versuchte. Plötzlich fühlte sie tief in sich ein Bewusstsein, das eine einzigartige Klarheit schuf. Das Chaos in ihr verschwand, die Zeit schien sich zunächst zu verlangsamen und dann ganz zum Stillstand zu kommen. Zeit und Raum waren um sie herum verschwunden und sie begann in einem Wachzustand zu träumen.

Die schwarze Kreatur steht vor ihrer Wohnungstür und schaut ihr fest in die Augen. Es ist das Wesen, das darauf aufpasst, dass keiner die Wohnung nach Einbruch der Dunkelheit verlässt. Es ist ihr persönliches Totem, welches diejenigen töten wird, die gegen die Regeln handeln. Voller Furcht stürzt sie in das Kabinett zurück und will die Tür zuschmeißen, aber das Wesen ist schneller und steht nun im Zimmer neben ihr. Es fletscht die Zähne und knurrt und Hanna sieht ihre einzige Chance: sich ihm ganz zu ergeben. Sie streckt die Hand aus und streichelt die kühle Schnauze. Es schnappt erwartungsgemäß zu. Blut beginnt von ihrer Hand zu tropfen. Die vor schierer Kraft zitternden Lefzen entspannen sich, es lässt langsam die Hand los und legt sich neben ihr auf den Boden. Als es den Kopf senkt und Hanna es zu streicheln beginnt, da bemerkt sie, dass sie vollkommen nackt ist. Sie legt sich nieder und schmiegt sich fest an das wilde Tier. Sie spürt das weiche, schwarze Fell und die darunter liegenden Muskeln und Sehnen.

Als Hanna erwachte, verstand sie die fundamentale Natur von Ewas Entwicklung von einer ehemals unscheinbaren Büroangestellten zu einer selbstsicheren Domina. Dominanz war wie eine Sehnsucht! Dominanz war der Rohstoff des Chaos in ihr, das sich nach Ordnung sehnte. Dieser Rohstoff wollte geformt, gestaltet und kanalisiert werden, wollte zu etwas Fleischlichem werden. Darum war es nicht genug, dass Dominanz, Stärke und Sadismus existierten, nein, sie mussten eine fühlende und denkende Form annehmen. Sie wusste, dass es bei Ewa der Schwarze Schwan war, der ihr immer wieder in Träumen begegnet war und sie letztendlich dazu veranlasst hatte, eine Domina zu werden. Was sollte es bei ihr sein? War es ein dunkles Wesen, das da in ihr lauerte und nur darauf wartete, befreit zu werden?

Diese wilden Kräfte aus den Tiefen ihrer Seele nahmen immer mehr Form an und ihre Sinne waren jetzt so klar, wie nie zuvor. Sie war eine dunkle Bestie, die jede Einzelheit ihrer Umgebung innerhalb von Sekundenbruchteilen aufnahm.

Dann witterte sie den seltsamen Geruch.

Hornstein hatte seine Aktentasche offen gelassen, nachdem er sie auf dem Boden vor dem Prügelbock abgestellt hatte. Deutlich erkannte Hanna die kleine, braune Apothekerflasche mit dem Betäubungsmittel, die sich darin befand. Das Fläschchen war geöffnet und verströmte den leicht bissigen Geruch von Alkohol.

Sie bemerkte Hornsteins Hand, die den Tangaslip in ihrem Schritt zur Seite schob, und spürte das Gewicht seines Körpers auf ihrem Rücken, kurz darauf seine Zunge am Ohrläppchen. Sie hörte ein Stöhnen und roch den Schweiß auf seiner Haut. Er hatte seine Hose herabgelassen und presste sein erigiertes Glied gegen ihre Schamlippen. Gleich würde er in sie eindringen.

Sie musste jetzt handeln! Sie griff mit den gefesselten Händen nach unten in die Tasche und umfasste die kleine Flasche.

***

Hornstein grinste. Die Frau lag nun in der richtigen Stellung auf dem stabilen Holzbock vor ihm. Sein Blick glitt von ihren Füßen an den glatten Beinen hoch, über Hintern und Rücken zu den langen schwarzen Haaren, die über Schulter und Nacken verteilt lagen. Er öffnete den Gürtel und den Reißverschluss, zog Hose und Unterhose aus und legte sie sorgsam über eine Stuhllehne neben sich ab. Dann kniete er sich hinter sie. Der weibliche Hintern streckte sich ihm verführerisch entgegen und wartete nur darauf, von ihm genommen zu werden. Aus dieser Position konnte er jetzt auch direkt zu dem

Käfig herübersehen, der genau vor dem Prügelbock stand. Darin war das eigentliche Objekt seines Hasses gefangen. Es sollte nun aus direkter Nähe zuschauen, wie er sich an ihrer Freundin verging. Die Frau im Käfig schien apathisch auf ihre Freundin zu schauen, ihr Blick war fixiert auf das Gesicht des vor ihm liegenden Opfers. Beide Frauen waren ungewöhnlich ruhig geworden und regten sich kaum noch. Fast schien es ihm, als würde Hanna unter ihm in eine Art Schlaf gefallen zu sein. Er lehnte sich daher von hinten über ihren Rücken, legte seinen Kopf dicht an den von Hanna und begann, mit der Zunge an ihrem Ohrläppchen zu spielen.

Dann bemerkte er, dass sie das Gesicht zu ihm drehte und ihn anlächelte. Er lächelte etwas verwirrt zurück und erkannte, dass sie ihre gefesselten Hände anhob.

Der Inhalt der Flasche traf ihn ohne Vorwarnung. Fast hundert Milliliter reiner Alkohol mit einem Ätheranteil ergossen sich in seine geöffneten Augen. Die Flüssigkeit verteilte sich auf der Bindehaut und floss in Schleimhäute und Bindehautsäcke. Er spürte zunächst ein starkes Brennen in den Augen, dann schlossen diese sich automatisch. Hornstein sah nichts mehr, in einem Fluchtreflex richtete er sich auf. Tränenflüssigkeit floss in kleinen Rinnsalen über die geröteten Wangen und brennender Schmerz erfüllte das Gesicht. Er spürte einen Würgreiz und

Husten setzte ein. Er hielt die Hände vor die Augen und begann aufzuschreien.

Der Körper gehorchte nicht mehr, sein unkontrollierter Bewegungsapparat ließ ihn über den Stuhl stolpern, über dessen Lehne er noch vor Sekunden sorgsam seine Hose gelegt hatte. Er fiel zu Boden und brach in ein erbärmliches Geschrei aus. Sekunden später erlöste ihn eine tiefe Ohnmacht von dem stechenden Schmerz.

Tag 3 – Das Blatt wendet sich

Hornstein fror als er erwachte und er nahm zunächst nur gedämpftes Licht wahr. Seine Augen tränten und er spürte, dass sie geschwollen sein mussten. Langsam verbanden sich kleine Fragmente und Puzzleteile in seinen Gedanken zu einem Bild. Erinnerungen an die Ereignisse der letzten Stunden kehrten zurück: das Blut auf Schönfelds Hemd, das Andreaskreuz, die beiden Frauen, und dann der brennende Schmerz im Gesicht.

Plötzlich vernahm er flüsternde Stimmen. Zwei Frauen schienen sich leise im Zimmer miteinander zu unterhalten, Schritte waren zu hören und es wurde heller vor seinen Augen.

Hanna nahm ihm die Augenbinde ab. Die ehemals weiße Mullbinde hatte eine gelbliche Färbung angenommen und war mit Tränenflüssigkeit benetzt. Es roch nach Kamillentee und Spüllösung, mit denen sie ihm die Augen ausgespült hatte. Sie hielt ihm die Hand vor die Augen und sah, dass seine geröteten Pupillen ihren Handbewegungen folgten.

„Es scheint so, als ob er langsam sein Bewusstsein wiedererlangt und auch wieder sehen kann!"

Hanna drehte sich zu Ewa um, die auf dem Prügelbock saß und den Inhalt der Aktentasche vor sich ausgebreitet hatte: ein Tuch, ein Küchenmesser, eine leere und eine gefüllte Flasche mit Äther, eine Packung mit einem starken Beruhigungsmittel, eine leere Brotdose, ein Apfel, eine Tageszeitung, Handschellen, ein Seil, ein Päckchen Taschentücher, eine Brieftasche und ein Autoschlüssel. Ewa erschauderte über diese verstörende Mischung aus banalen Dingen des Alltags und den Werkzeugen, mit denen er sein tödliches Vorhaben umsetzen wollte.

„Wir können ihn nicht hierbehalten! Wir müssen die Polizei rufen!", rief Ewa aufgeregt.

„Nein, niemals!"

„Hanna!"

„Ich sagte: nein! Er hat mir das Messer an die Vagina gehalten. Er wollte mich vergewaltigen, und danach hätte er das gleiche mit dir getan und danach hätte er uns beide wohlmöglich getötet! Sieh doch nur einmal, was der alles schon angerichtet hat!"

Sie drehte sich zu Hornstein und hielt ihm das Buch mit der Aufschrift „FRAU" vor die geschwollenen Augen.

„Das lag in deiner Tasche! Wie viele Frauen hast du schon vergewaltigt? Die Zeitungsartikel in dem Buch, das bist du doch gewesen, du krankes Hirn!"

Hornstein blinzelte und sah Hanna an. Er schien sich nun mehr und mehr darüber bewusst zu werden, dass sich das Blatt gewendet hatte. Seine beiden Opfer hatten ihn nun in ihrer Gewalt und er war derjenige, der nackt an das große Andreaskreuz gefesselt war. Er versuchte vergeblich, Füße und Hände zu bewegen, sie waren mit schweren Ketten am Kreuz fixiert.

„Sieh doch nur einmal in das Buch hinein, Ewa! Er weiß alles über uns! Alles! Der muss uns über Wochen und Monate beobachtet haben und hat all unsere Schritte akribisch darin festgehalten!"

Hannas Wut steigerte sich, sie sprach weiter auf den Mann ein:

„Und wessen Blut ist auf dem Buchumschlag? Was hast du getan?"

Ihre Augen füllten sich mit Tränen.

„Warum wir?", fragte sie.

„Warum wir? Warum hast du uns ausgesucht?", wiederholte sie schreiend.

Ewa stellte sich neben ihre Freundin und legte die Hand auf ihre Schulter.

„Es ist vorbei, lass uns die Polizei rufen!"

„Die Polizei? Weswegen sollten wir die Polizei rufen? Er wird sich doch nur rausreden, wird sagen, dass er unser Kunde sei und alles nur ein bizarres Rollenspiel war!", schrie sie Ewa an.

„Hör auf deine Lesbenfreundin, Nutte! Ruf die Polizei! Es ist doch überhaupt nichts geschehen!", unterbrach Hornstein.

„Sei still, du Schwein, oder du wirst es bereuen, jemals hier aufgetaucht zu sein!", brüllte sie den Mann wieder wütend an, sprach dann gefasster zu Ewa:

„Wenn man uns überhaupt glaubt und er vielleicht sogar wegen einer der Vergewaltigungen aus den Zeitungsartikeln in dem Buch verurteilt werden wird, … was glaubst du, wie lange er im Gefängnis bleiben wird? Der wird mit einem schwarzen Anzug, Schlips und Hemd auf der Anklagebank sitzen und von seiner missratenen Kindheit und seinen schlechten Erfahrungen mit dir als seine Chefin in der Firma erzählen. Zwei Jahre? Drei Jahre? Ein Jahr? Und was ist danach? Dann steht er wieder hier vor der Tür?"

Sie griff den Knebel, den sie noch vor Stunden selbst im Mund hatte, presste ihm die Gummikugel mit Gewalt in den Mund und verschloss den Lederriemen an seinem Hinterkopf. Sie ergriff das Messer mit ihrer vor Wut zitternden Hand und drückte die Spitze der Klinge gegen seinen Hodensack.

„Was hättest du wohl alles mit uns getan, wenn sich die Karten nicht so zu deinem Ungunsten geändert hätten?", fragte sie ihn.

Bevor er reagierte, erklärte sie Ewa ihre dunklen Vermutungen:

„Er hätte mit uns seine Spiele getrieben und sich mit uns abwechselnd vergnügt. Danach würdest du mich vielleicht mit durchschnittener Kehle hier liegen sehen, während er dich vergewaltigt und du um dein Leben bettelst, Ewa. Genau das wäre mit uns passiert!"

„Was soll denn jetzt geschehen? Was sollen wir machen?", fragte Ewa und schüttelte den Kopf.

„Ich will, dass du bei mir bleibst und wir ihn ein für alle Mal fertig machen! Wir töten ihn!"

Ewa schluckte.

„Bist du genauso wahnsinnig geworden, so wie der da?", tobte sie aufgebracht und zeigte dabei auf Hornstein.

„Ewa, entweder er oder wir! Du weißt doch genau, wie oft er dich früher bei der Arbeit sexuell belästigt hat. Was haben deine Beschwerden beim Betriebsrat gebracht? Nichts! Es ist alles im Sande verlaufen. Ewa, es wird nie aufhören! Ich fühle, dass er besessen ist von einem dunklen Aspekt, genau wie du und wie ich! Wir beide und dein Mann Henri, wir bewegen uns schon seit Jahren auf einem schmalen Grat, ohne dass diese dunkle Seite die Kontrolle übernommen hat. Du warst lange meine Lehrmeisterin, hast mich verführt, mir gezeigt, was wahre sexuelle Befriedigung und Erfüllung bedeutet. Und vor allem hast du mich gelehrt, dass alles im gegenseitigen Einvernehmen bleibt: Sklave – Domina, Sadismus – Masochismus, Dominanz – Unterwerfung, alles war immer in einem gesunden Rahmen und vor allem im gegenseitigen Einvernehmen. Ich habe immer auf dich gehört und bin dir gefolgt. Jedoch haben wir jetzt keine Wahl. Es gibt keine Alternative, entweder stirbt er noch heute oder wir in ein paar Jahren!"

Ewa musterte Hornstein. Er hatte Hannas Worte gehört und war sich des Ernstes seiner Lage bewusst. Seine Pupillen bewegten sich hektisch hin und her, offenbar hatte er Angst bekommen. Hanna hatte aber Recht, es würde nie aufhören.

Der Schwarze Schwan – so nannte sie den dominanten Aspekt in ihr – hatte ihr sexuelles Begehren und Leben der vergangenen Jahre geleitet und sie hatte zusammen mit Henri und Hanna eine ungewöhnliche Dreiecksbeziehung aufgebaut. Hanna war Freundin, Kollegin und Sexualpartnerin, nie stand sie zwischen ihr und Henri, sondern war immer eine Ergänzung. Und in Hornstein schien etwas Ähnliches zu sein, was dessen Handeln bestimmte, jedoch mit einem entscheidenden Unterschied. Es sah danach aus, als hätte es die vollkommene Kontrolle über ihn übernommen, und er war bereit, zu vergewaltigen und vielleicht sogar noch schrecklichere Dinge zu tun, um seinen unstillbaren Hunger nach Schmerz und Lust zu befriedigen.

„Vielleicht hast du Recht!", sagte Ewa.

Hanna nickte und verließ wortlos das Kabinett.

Ewa war nun mit Hornstein alleine. Seine Augen waren rot geschwollen und tränten noch immer. Ihr fiel nun sein hagerer Körperbau auf und sie wunderte sich, wie dieser Mann überhaupt solche Körperkräfte entwickeln konnte. Ewa war sich wieder etwas unsicher geworden, wie sie handeln sollte. Wenn Henri nur nicht ausgerechnet jetzt auf einer Dienstreise wäre, dachte sie. Seine Anwesenheit und sein

Rat hätten ihr sicher dabei geholfen, jetzt die richtigen Entscheidungen zu treffen. Aber bis zu der kommenden Woche war er nicht erreichbar und sie musste sich auf ihr eigenes Gefühl verlassen.

Schlaff hing Hornsteins Penis zwischen den pigmentlosen, spärlich behaarten Oberschenkeln. Sie nahm ihm den Knebel ab und sah ihn eine Weile an.

„Seit Jahren verfolgst du mich! Du hast mich erstmals auf einem Betriebsfest vor vier Jahren sexuell belästigt, als ich noch eine einfache Büroangestellte war. Seitdem hörten deine Nachstellungen nie auf. Warum gerade ich? Warum hast du mich nie in Ruhe gelassen?"

Er schien zu überlegen, was er sagen sollte und regte sich dabei etwas, so dass die Ketten an Armen und Beinen leise rasselten.

„Überzeuge diese Verrückte davon, die Polizei zu rufen. Nein besser: ruf du sie! Wir sollten uns zusammentun, ruf heimlich die Polizei. Gehe unter einem Vorwand raus und ruf die …"

„Sei still! Warum ich?"

„Denk an die Justiz. Was willst du dem Richter erzählen? Und was sollen deine beiden Kinder und dein Mann von dir denken? Eine Mutter und Ehefrau als Gehilfin einer verrückten Mörderin?"

Meine Kinder! Er weiß alles über mich, dachte Ewa mit einem beklemmenden Gefühl in der Brust.

„Warum ich?", wiederholte sie.

„Bitte, ich habe Durst, ich bin nackt und ich friere, ich habe so lange nichts mehr getrunken. Ich habe eine Frau und zwei Söhne, genau wie du. Auch ich habe Rechte. Ich weiß alles über dich, mach mich los und niemandem geschieht et…"

Er stoppte abrupt den Satz, denn Hanna ging über den Flur und passierte dabei die Tür zum Kabinett. Dann nickte er zu der Stelle, die Hanna soeben passiert hatte und flüsterte weiter:

„Übrigens, sie fickt heimlich und ohne dein Wissen mit deinem Mann. Wie heißt er noch gleich? Henri? Als du vor einigen Wochen in Italien warst, auf deiner Orchesterfahrt, da hat er sie hier auf dem Fußboden gefickt, genau da, wo du jetzt stehst."

Ewa schluckte.

„Was sagst du da? Was meinst du damit?"

„Ich habe beide beobachtet, glaub mir. Seit Monaten beobachte ich euch schon. Du hast die Eintragungen in meinem Buch gesehen? Sie hat sich von ihm auf dem Boden von hinten ficken lassen. Ich schwöre es, so wahr mir Gott helfe."

Ewa schluckte, musste einatmen und bemerkte, dass ihre Finger zu zittern begannen. Es war, als wenn ihr jemand den Teppich unter den Füssen wegreißen würde. Ihr wurde schwindelig. Sie drehte sich von ihm ab. Log der Mann? Versuchte er, ein Keil zwischen uns zu treiben?

Sie dachte an ihre erste Ehe mit Andreas und seiner Untreue.

Bitte, nicht noch einmal!

Ewa spürte bei dem Gedanken einen unangenehmen Druck in der Brust.

„Mach mich los und lass uns gemeinsam von hier verschwinden! Ich kann es dir sogar beweisen. Ich habe Fotos gemacht von den beiden. Ich kann sie dir zeigen."

Hornsteins Stimme war nun klar und deutlich, jede Spur von Furcht war darin verschwunden. Fast euphorisch redete er weiter:

„Deine Freundin ist verrückt geworden, sie wird uns beide mit in den Abgrund ziehen. Schnell, befreie mich von den Fesseln. Sie ist in einem anderen Zimmer und würde nichts davon mitbekommen!"

Ewa war irritiert. Sie durchquerte das Zimmer, stellte sich vor dem Spiegel und ballte die Fäuste. Was ist, wenn er Recht hatte? Wie sollte es dann alles weitergehen, fragte sie sich.

„Worauf wartest du, öffne die Schlösser!", hörte sie ihn hinter ihrem Rücken sprechen.

In diesem Moment kam Hanna herein.

Ewa packte sie am Arm und sah ihr in die Augen.

„Was habt ihr beiden getrieben, als ich in Italien war?"

„Was meinst du damit? Wer hat was getrieben?"

Hannas Stimme klang genervt.

„Du und Henri, was habt ihr hier getrieben, als ich nicht dabei war?"

Ewas Stimme zitterte.

„Das Studio renoviert, das weißt du doch. Warum fragst du?"

Ewa verstärkte ihren Griff.

„Lüg mich nicht an. Was hast du mit Henri hier gemacht? Habt ihr mich hintergangen? Hanna!"

Ewas Stimme war aufgewühlt. Ein gefräßiger Wurm bohrte sich durch ihren Geist, zu vernichtend war der Gedanke, dass die so lange von ihr aufgebaute Welt wie ein Kartenhaus in sich zusammen stürzen würde.

„Los, red schon Hanna! Ich will die Wahrheit hören!", schrie sie und begann ihre irritierte Freundin zu schütteln.

„Ewa! Hör auf damit! Lass mich los! Wie kommst du nur darauf?"

Hanna war verunsichert.

„Hat Hornstein dir das erzählt?"

Hornsteins schrille Stimme erfüllte plötzlich den ganzen Raum als er zu sprechen begann:

„Glaub deiner wahnsinnigen Freundin kein Wort, Ewa! Sie ist lange schon eifersüchtig auf dich! Du hast einen Mann und Kinder, hast alles was sie nicht hat! Sie wollte dir alles wegnehmen! Ich kann's beweisen. Ich habe sie heimlich dabei gefilmt!"

Hanna riss sich von Ewa los und eilte zu Hornstein, um ihm wieder den Knebel anzulegen.

„Du dreckiger Lügner!", schrie Hanna, gab ihm eine Ohrfeige und wollte ihm den Knebel umbinden, als er seinen Kopf zur Seite wandte und weiterredete:

„Siehst du Ewa, sie will mich zum Schweigen bringen! Ich habe Fotos gemacht. Sie sind aber nicht hier! Ich kann sie dir zeigen, wenn du mich losmachst."

Ewa packte Hannas Schulter von hinten, riss sie zurück und umklammerte ihren Hals. Beide Frauen verloren das Gleichgewicht und fielen zu Boden. Ewa lag nun auf Hanna, die mit dem Rücken auf dem Boden lag.

„Fessle sie mit den Handschellen! Sie will mich töten und dir dann alles nehmen", rief Hornstein Ewa zu, die daraufhin für einen kurzen Moment in den Spiegel blickte und darin den Anflug eines zynischen Grinsens in seinem Gesicht zu erkennen meinte. Sie bemerkte auch seinen erigierten Penis. Hornstein schien sich an der Auseinandersetzung der beiden Frauen sexuell zu erregen.

Ewa blickte wieder zu Hanna. Ihr Gesicht war dicht vor ihres. Die Augen der beiden Frauen fixierten sich.

„Ewa, komm zur Vernunft, glaub ihm nichts! Er versucht Zwietracht zu säen! Er hat keine Beweise, weil es keine gibt!", flüsterte Hanna ihr zu, presste die Lippen zusammen und schaute Ewa fest in ihre Augen.

Lange fixierten sich die Frauen und sie blieben regungslos aufeinander liegen. Was war in ihr gerade gefahren, haderte Ewa mit sich. Verlustängste! Hornstein hatte ihre wunden Punkte gefunden, da wo sie verletzlich war, und sie hatte reagiert, wie er es erhofft hatte. Sie hatte ihm sogar kurz geglaubt, und bereute nun das Misstrauen, das in ihr aufgekommen war und sich in ihren Gedanken breit gemacht hatte. Ewa bewegte ihre Lippen und öffnete wieder den Mund.

„Es tut mir leid, Hanna", flüsterte sie und schloss die Augen.

Ewa stand auf. Sie half ihrer Freundin hoch und stellte sich vor den Mann, der wieder zu reden begann:

„Glaub ihr nichts! Ich habe meine Rechte! Es ist nichts passiert hier. Ich bin euer Kunde, den ihr gegen seine Rechte hier festhaltet. Ich habe einen guten Anwalt. Ich habe Durst und Hunger, und ein Anrecht auf Wasser. Gebt mir Wasser und Essen und lasst mich dann gehen. Es ist Folter, was ihr hier macht! Wenn ihr mich nun gehen lasst, werde ich vor Gericht ein gutes Wort für euch beide einlegen und dann kö…"

Weiter kam er nicht. Ewa legte ihm den Knebel an und schnallte den Gurt so fest an seinem Hinterkopf zu, dass nur noch ein Gemurmel zu hören war.

Sie atmete tief ein und sprach dann zu ihm:

„Glaub mir, wenn wir mit dir fertig sind, wird für dich nichts mehr so sein, wie es einmal war! Für uns wird es ein Vergnügen sein, einen sadistischen Vergewaltiger das spüren zu lassen, was seine Opfer erlitten haben."

Dann griff Ewa dem Mann in das Gesicht, umfasste mit der Hand sein Kinn.

„Vor allem werden wir dir das nehmen, was du ihnen genommen hast: die Würde!"

Mit diesen Worten ergriff sie die Hand ihrer Freundin und beide verließen den Raum.

Tag 4: Das Urteil

So sehr er sich auch bemühte, gegen die schweren Stahlketten und Schlössern, mit denen er am Andreaskreuz fixiert war, kam er einfach nicht an. Enttäuscht und unzufrieden mit sich gab er auf. Er war in den vergangenen Stunden schwächer geworden, hatte seit langem nichts mehr gegessen und getrunken und verspürte Durst. Seine Zunge war trocken und er hatte Magenschmerzen.

Sie hatten all seine Pläne durchkreuzt, ihn überwältigt und danach auch seinen Versuch, Zwietracht zwischen ihnen zu säen, durchschaut. Prekär war jedoch, dass er ihnen nun ausgeliefert war. Er, der jahrelang über das Schicksal anderer bestimmte, er war jetzt in eine Lage geraten, die so sehr im Gegensatz zu seiner Natur stand: er war ein wehrloses Opfer geworden. Nichts Schlimmeres gab es für denjenigen, dessen Antrieb die Überlegenheit und der Sadismus gegenüber Frauen war.

Er hatte sich stets junge Mädchen ausgesucht, die unter ihm liegend um Mitleid bettelten, während er in sie eindrang. Welch eine Befriedigung war es gewesen! Er schloss die Augen und in Gedanken sah er ein angsterfülltes Gesicht, spürte das kühle Moos des Waldbodens an seinen Knien, das warme Fleisch und die glatte Haut eines namenlosen Mädchens. Er sah weiche Schultern, ihre langen, blonden Haare. Er schob ihr weißes Sommerkleid an den Schenkeln hoch und sah den roten Slip. Sie gehörte ihm, er war Herrscher über Leben und Tod dieser jungen Frau, die ihm ansonsten nie eines Blickes gewürdigt hätte. Seine Hände, die sich um ihre Kehle legten, und ihr Zucken im Todeskampf erregten ihn jetzt wieder so, dass sein Herz vor Aufregung zu klopfen begann. Er bemerkte sein hartes Glied und verspürte den Drang zu onanieren.

„Sieh an, sieh an! Der hat ja einen Steifen!", hörte Hornstein eine gedämpft klingende Stimme und wurde aus seinen Träumen gerissen. Dann vernahm er ein ungewöhnliches Quietschen und ein eigenartig und regelmäßig zischendes Atemgeräusch.

Er schluckte, biss sich auf die Lippen und wagte nicht, die Augen zu öffnen.

Als er nach einer längeren Weile dazu endlich den Mut fand, erstarrte er aus Furcht vor dem, was er sah.

Die beiden vor ihm stehenden Frauen trugen schwarze Bodysuits aus Latex, unter denen nicht ein Quadratzentimeter Haut zu erkennen war. Es hatte fast den Anschein, als seien die hautengen Anzüge den beiden weiblichen Wesen auf den Leib gegossen worden oder gar ein Teil ihres Körpers. Sie hatten sich schwarze Unterbrustkorsagen darüber angelegt, um die Taille und Hüfte zu betonen und die Brüste anzuheben. Unter dem schwarz glänzenden Material zeichneten sich deutlich die Brustwarzen ab, die spitz hervorstanden. Die Form der Venushügel und der Schamlippen wurde durch das eng anliegende Material fast schon obszön hervorgehoben. Die Beine der Anzüge endeten in schwarzen Schnürstiefeln mit hohen, spitzen Absätzen.

Die meiste Angst bereiteten Hornstein jedoch die grotesken Gasmasken, die bei jedem Atemzug leise zischende Geräusche von sich gaben und deren Schläuche und Filter zwischen ihren Brüsten hingen und dort bei jeder Körperbewegung leicht hin und her pendelten.

Sein Blick wurde wie magisch von den Konturen der Körper angezogen. Brüste hoben und senkten sich im Takt von zischenden Atemgeräuschen.

Als die beiden Wesen langsam auf ihn zukamen, konnte er das Spiel der Muskeln unter dem dünnen Material erkennen.

Die beiden Frauen waren größer als er, sodass er zu ihnen aufschauen musste. Der Blick in die Masken beunruhigte ihn am meisten. In den Sichtfenstern der Gasmasken erkannte er stark geschminkte Augen und lange Wimpern, die Augenlider schimmerten in bunten Farben.

Sie strahlten auf ihn etwas aus, was er zuvor noch nie erfahren hatte und was ihn mit einer tiefen Angst erfüllte: Herrschaft, Stärke und Unnahbarkeit. Sie waren zu zwei surrealen Wesen mutiert, die kaum noch menschliche Züge verrieten.

Er war in den ungewissen Abgründen eines Alptraums gefangen, aus dem es kein Entrinnen zu geben schien. Innerlich hoffte er, jeden Moment daraus zu erwachen, die vertraute Umgebung seines Schlafzimmers zu sehen. Dann könnte er sie schnell vergessen, diese beiden ihn schweigend musternden Kreaturen, die nur in den unbegreiflichsten Tiefen des menschlichen Vorstellungsvermögens entstanden sein konnten.

Er verspürte erstmals in seinem Leben wirkliche Furcht.

„Du wirst für alles, was du getan hast, büßen. Alle Gewalt, die du ausgeübt hast, wird sich gegen dich, deinen Körper und deinen Geist richten!"

Die kühle Stimme war durch die Maske so verzerrt, dass sie keine menschliche Empfindung verriet.

„Wir sind deine Richter und wir werden deine Henker sein. Und wir haben das Urteil über dich gefällt!"

Seine Pupillen wanderten von links nach rechts, er versuchte in den maskierten Gesichtern noch einen Hauch von Menschlichkeit zu erkennen, einen kleinen Hinweis von Mitgefühl.

Plötzlich musste er an seine Mutter denken. Auch sie war so unnahbar und kalt gewesen wie diese beiden Frauen es jetzt waren. Keine Berührung, keine Liebe, nur Kühle und unmenschliche Abweisung. Er zitterte am ganzen Körper.

Eine der beiden hielt jetzt eine transparente Plastiktüte vor sich hoch. Dann hörte er wieder die Stimme, deren bizarrer Klang ihn bis in das Knochenmark traf:

„Stellvertretend für alle deine Opfer haben wir über dich geurteilt! Dir wird diese Plastiktüte über den Kopf gezogen, bis der Tod durch Ersticken eingetreten ist! Hast du noch etwas zu deiner Verteidigung zu sagen?", wurde er gefragt und ihm dann der Knebel ein letztes Mal abgenommen. Seine Gesichtsmuskeln zuckten, Schweiß bildete sich auf seiner Stirn. Der Kiefer bewegte sich für eine Weile auf und ab, bis er schließlich stotterte:

„Andere … andere haben die Schuld, dass ich so geworden bin … Mutter hat mich zu dem gemacht! Auch ich bin ein Opfer", stammelte er hastig.

Er sah die beiden Masken erwartungsvoll an. Nur das regelmäßige Atemgeräusch war durch die Filter zu hören, was ihn fast wahnsinnig vor Angst machte.

Sie schüttelten die Köpfe. Tiefes Grauen begann sich augenblicklich in ihm festzusetzen, immer stärker ergriff ihn Todesfurcht. Man hatte ein Urteil über ihn gefällt.

Dann hörte er ein Knistern, die Plastiktüte wurde ihm über den Kopf gestülpt und an seinem Hals zusammengezogen.

Durchsichtige Plastikfolie lag wie ein transparenter Vorhang vor seinen Augen. Die Umgebung verzerrte sich. Er sah zwei alptraumhafte, schwarze Fratzen, die ihn teilnahmslos begutachteten. Als er einzuatmen versuchte, legte sich Folie auf Mund und Nasenöffnungen, hinderte ihn daran, lebenswichtigen Sauerstoff in sich aufzunehmen. Er zerrte und rüttelte vergeblich an den Fesseln, schon nach wenigen Sekunden spürte er einen stechenden Schmerz in der Lunge und begann Lichtkränze zu sehen. Die dunklen Umrisse der ihn beobachtenden Fratzen begannen zu flimmern, schienen sich in seine Netzhaut einzubrennen, nur um dann in Lichtblitze überzugehen. Der im Todeskampf befindliche Körper zuckte unkontrolliert, aus der Kehle drangen unverständliche Laute, die an das Krächzen einer Krähe erinnerten. Dann spürte er einen Schlag mit einem harten Objekt an der Schläfe und es war jetzt, als würde er in ein dunkles Wasser eintauchen.

***

Als er das Bewusstsein verloren hatte und der Körper erschlaffte, riss Ewa ihm die Plastiktüte vom Kopf. Nun musste alles schnell gehen. Sie öffneten die Handfesseln und er sackte nach vorne zu Boden. Hanna nahm seine Hände und legte sie ihm auf den Rücken, so dass Ewa ihm Handschellen anlegen konnte. So lag er eine Weile auf dem kalten Parkettboden. Er hustete und röchelte, begann erst nach einigen Minuten wieder eine normale Atmung anzunehmen und schlief schließlich vor Erschöpfung ein.

Tag 5: Hunger!

Das Wasser in Hornsteins Traum ist kalt. Er friert und es ist so dunkel, dass er kaum die Hand vor Augen sehen kann. Er muss nach oben, nur nach oben, dort wo er an der Wasseroberfläche das kleine Licht erkennen kann. Er stößt sich mit dem rechten Bein von dem schlammigen Grund ab, Zug um Zug schwimmt er dem Licht entgegen, die Luft anhaltend und darauf hoffend, die rettende Helligkeit zu erreichen. Beim Auftauchen wird er von einer Lampe geblendet. Er liegt jetzt in seinem Kinderbett, Mutter hat soeben das Licht angemacht.

Er riss die Augen auf und schloss sie sofort wieder, atmete röchelnd, verspürte brennenden Durst. Langsam verschwanden die Eindrücke des Traumes, wurden von Erinnerungen abgelöst: beängstigende Gasmasken, die weiblichen Figuren in schwarzer Kleidung, die sich wie eine zweite Haut an ihre Körper geschmiegt hatte. Er hörte die dumpfen Stimmen unter den Masken. Er fühlte kalte Plastikfolie auf dem Gesicht und erinnerte sich an das brennende Gefühl im Brustkorb, als die Lungen nach lebenswichtigem Sauerstoff verlangten. Todesangst!

Er war alleine und lag gefesselt auf dem Boden vor dem Andreaskreuz.

Wo waren seine Henker geblieben, und warum hatten sie ihn am Leben gelassen? Wie lange hatte er nichts mehr gegessen und getrunken? Wie lange war er nicht mehr auf der Toilette? Der Mund war trocken und er hatte Magenschmerzen, er fühlte warme Feuchtigkeit zwischen den Oberschenkeln.

Der Hundenapf mit Essen und ein Glas mit Flüssigkeit stand nur wenige Zentimeter vor ihm auf dem Boden. Hunger und Durst! Er versuchte, auf dem Bauch voran zu robben, wurde durch einen Zug wieder gestoppt. Die Fußgelenke waren noch immer mit den Stahlketten am Kreuz fixiert. Nur wenige Zentimeter stand der Napf mit Nahrung vor ihm, so nah und doch so fern und unerreichbar.

„Schau nach oben, Vergewaltiger!"

Erneut dieser unheimlich verzerrte Klang einer weiblichen Stimme. Diese unmenschliche Stimme hinter der Gasmaske! Was würde er darum geben, sich die Hände auf die Ohren zu pressen, sie nicht mehr hören zu müssen.

Er hatte sich so stark auf die Nahrung konzentriert, dass er nicht bemerkt hatte, dass seine beiden Peinigerinnen sich auf dem Prügelbock vor ihm gesetzt hatten und mit Interesse seine Bemühungen verfolgten, den Teller zu erreichen.

Ewa erhob sich, ging vor dem Napf in die Hocke und nahm das Glas, das daneben auf dem Boden stand.

„Ich vermute, du hast Durst oder Hunger, oder beides? Es sind die Essensreste aus unserem Mülleimer: einige kalte Pommes Frites, etwas alte Mayonnaise mit Zigarettenasche und ausgedrückte Filterzigaretten darin.

Dann ergriff sie das Glas und schüttete die champagnerfarbene Flüssigkeit über den Inhalt des Hundenapfs aus.

„Es macht dir sicher nichts aus, wenn ich einen Cocktail davon mache, oder? Was meinst du wohl, was für eine Flüssigkeit im Glas war? Lass es dir gut schmecken!", lachte Ewa und setzte sich zurück auf den Prügelbock.

„Aber bevor wir dich essen lassen, erzählst du uns noch von deiner Mutter! Du hast sie angesprochen und damit unser Interesse geweckt."

Hornstein schluckte. Die Selbstbeherrschung war verschwunden, seinen Selbstschutz hatte er abgelegt und er begann, mit weinerlicher Stimme zu reden:

„Ich war Bettnässer, ja ich habe mir jede Nacht im Schlaf in die Hosen gemacht. Ich habe mich vor Angst unter dem Bett versteckt. Ich liege darunter und sehe, wie die Tür zu meinem Zimmer geöffnet wird. Licht geht an. Mutter steht jetzt genau vor dem Bett, ich sehe ihre Füße, die Hausschuhe aus grauem Filz. Dann zieht sie mich unter dem Bett hervor, ich spüre ihre Schläge auf meinem nackten Rücken und dann das nasse Bettlaken auf meinem Gesicht. Ich weine, aber sie hört nicht auf. Ich werde auf das Laken gedrückt, rieche Urin, bekomme keine Luft mehr."

Ewa schob den Fressnapf mit ihrer Stiefelspitze so weit vor, dass Hornstein ihn fast erreichen konnte. Aber so sehr er sich bemühte und streckte, er schaffte es nicht, ganz heranzukommen. Sie schaute sich eine kurze Weile die verzweifelten Versuche an, das Essen zu erreichen und sprach dann weiter:

„Erzähl weiter! Es ist amüsant. Erzähle uns mehr von deiner Mutter!"

Hornstein wagte nicht aufzuschauen. Zu sehr verstörten ihn der Anblick und der Klang der sonoren Stimme unter der Gasmaske.

Sein Blick war auf den Boden gerichtet, während er weiter erzählte:

„Wenn Mutter Besuch bekam, musste ich immer brav einen Diener machen und mich vorstellen. Wenn ich nicht wollte, dann hat sie mich vor den Gästen geschlagen oder mir Ohrfeigen gegeben. Ihre männlichen Besucher musterten mich immer wie ein fremdes Wesen, wie eine Krankheit, die meine Mutter hatte, eine Krankheit, die sich nicht heilen ließ. Mama hatte Spaß daran, mich zu quälen, zu korrigieren und zu erniedrigen, vor allem vor Anderen."

„Das reicht für heute. Iss, du Feigling, und wehe dir, es bleibt etwas von deinem Essen übrig!"

Sie schob den Hundenapf jetzt so weit nach vorne, dass er für Hornstein erreichbar war und er sofort seinen Kopf darin versenkte.

Die Essversuche des vor ihr liegenden Vergewaltigers aus der Anonymität der Gasmaske heraus zu sehen, betörte Ewa auf eine kaum zu erklärende Art. Je länger sie die Maske trug, je mehr begann sie, diese außergewöhnlichen Empfindungen zu lieben, die auf sie einwirkten. Aus dem eigenartigen Schutz der Maske heraus war alles wie ein Blick in eine andere Welt. Sobald sie diese aufgesetzt hatte, war sie nicht mehr sie selbst, sondern ein erotisch-sexuelles Wesen jenseits der normalen Realität. Noch gestern war es Ewa fast undenkbar gewesen, solch eine Gasmaske zu tragen, musste von Hanna sogar dazu überredet werden, sie aufzusetzen. Diese Masken wurden von einer unheimlichen Aura umgeben, der sie früher abschreckte, die sie nun aber mehr und mehr für sich nutzte und auf Hornstein ausstrahlen ließ.

Trotz des brennenden Hungers und Durstes setzte ein Ekelgefühl ein, so dass Hornstein wieder und wieder das Essen unterbrechen musste.

„Sachte, sachte, nicht so gierig! Du frisst wie ein kleines Hündchen jetzt alles langsam auf. Ich will danach keine Reste mehr in deinem Näpfchen entdecken. Wir beide bestimmen über dich, über deinen Geist, deinen Körper und deine Seele. Du bist rechtlos und nicht mehr als ein Spielball unserer Launen", sagte Ewa und deutete ihrer Freundin mit einer Geste an, dass sie aufstehen und eine Reitgerte von der Wand nehmen sollte.

Hanna tat, was Ewa ihr angedeutet hatte, und stellte sich daraufhin mit der Reitgerte in der Hand hinter den Mann, der weiter so aus dem Napf aß, wie es normalerweise nur ein Hund macht. Er würgte, und Ewa bemerkte, dass er damit kämpfte, sich nicht übergeben zu müssen. Sie nickte ihrer Freundin nun zu und Hanna begann mit der Reitgerte auszuholen.

Der mit dünnem Leder überzogene Fieberglasstab sauste durch die Luft und schnitt sich in das Fleisch des Mannes. Wieder und wieder schlug sie voller Wut und Hass auf den Mann ein, der ihr noch vor Stunden das Messer zwischen die Schenkel gehalten hatte und sie brutal vergewaltigen wollte. Hornstein heulte vor Schmerzen auf; Rücken, Oberschenkel und Hinterteil verwandelten sich in ein Muster aus roten Streifen, die sofort anschwollen.

„Den Teller willst du ja wohl noch sauberlecken, oder?"

Er nickte und heulte vor Schmerz, er hustete und spuckte, war nicht mehr in der Lage, Sätze oder Worte zu formulieren. Hunger, Durst, Schmerz und Ekel ließen ihm alles gleichgültig werden. Sein Kopf war tief im Napf versunken und er versuchte, die letzten Reste der Flüssigkeit daraus auszulecken.

Plötzlich klingelte das Telefon und Hanna senkte die Reitgerte.

„Du isst weiter, solange bis der Napf ganz sauber ist! Und wehe, ich höre dich wieder mit meiner Freundin sprechen. Dann bin ich sofort wieder da und werde dir weitere Schmerzen zufügen, du feiges Schwein!", warnte Hanna und verließ den Raum.

Einige Minuten später stand sie wieder in der Tür und deutete Ewa an, zu ihr zu kommen. Ewa nickte und legte Hornstein daraufhin eine Kopfmaske an. Sie schnürte die Riemen der Ledermaske an seinem Hinterkopf so zu, so dass sie sich fest um sein Haupt schloss und sich nicht abstreifen ließ, nur kleine Löcher für die Nase sorgten für Atemluft. Ewa nahm den leeren Napf in die Hand und verließ den Raum, ließ den Mann nackt und gefesselt auf dem Boden liegend zurück.

***

Hornstein hörte nun, dass das Klacken der Absätze leiser wurde. Sie hatten das Zimmer offensichtlich verlassen. Er hoffte inständig, dass sie ihn nun endlich in Frieden lassen würden. Wann würden sie ihn der Polizei übergeben? Warum bekam er keine Ruhe vor ihnen, wieso machten sie immer weiter? Er begann wieder zu zittern. Sprechen und Sehen waren ihm durch die angelegte Ledermaske unmöglich geworden. Dann vernahm er Duschgeräusche und das Klappen von Schranktüren. Eine Tür im Nebenraum knallte. Aus der Küche hörte er leise das Geschirr klappern, vernahm den Geruch von frisch gekochtem Kaffee, Schritte im Flur, die Wohnungstür fiel ins Schloss. Dann .... Stille.

Stille. Kein Laut drang durch die Räume. Er drehte sich um die eigene Achse, versuchte Füße und Hände zu bewegen. Unmöglich! Auch ein Aufstampfen oder Klopfen war nicht möglich, die Ketten gaben ihm hierfür einfach keinen Freiraum. Wie sollte er auf sich aufmerksam machen? Was sollte es auch nützen, die Räume waren sicher gut isoliert und es war sowieso keine andere Person im Hause, die ihn hätte hören können. Wenn er nur gekonnt hätte, würde er sich jetzt in eine Ecke kauern. Er fühlte sich – nein, er war – von der Welt allein gelassen. Er hatte Magenschmerzen, die Blase drückte. Nein, nicht urinieren! Bitte nicht wieder urinieren, sie werden dafür seinen Penis abschneiden, ihn zur Strafe kastrieren. Es werden wieder die zwei maskierten, dunklen Phantome sein, die ihn dafür bestrafen würden, so wie Mutter es immer getan hatte.

Wer die beiden überhaupt noch waren, konnte er jetzt nicht mehr mit letzter Bestimmtheit sagen. Nur soviel konnte er noch deuten, dass sie lange Lederstiefel trugen. Und oberhalb des Schaftes hatte er die kühle Latexhaut gespürt, als die eine von ihnen das Knie auf seinen Rücken drückte. Deutlich spürte er, wie sich seine Härchen vor Respekt und Furcht aufstellten, als er daran dachte.

Wollten sie ihn hier sterben lassen, so wie er es zuvor mit seinen eigenen Opfern getan hatte? Wenn er nur noch einmal so stark sein könnte wie damals, als sich die Frauen unter ihm vergeblich zu wehren versuchten. Das schien ihm inzwischen fast wie aus einem anderen Leben. Angst befiel ihn jetzt wieder, doch sie machte ihn auch etwas aufmerksamer. Es roch plötzlich nach Zigarettenqualm, ein wenig auch nach Körperschweiß. Auch konnte er die Oberfläche seines nackten Körpers für Sinneswahrnehmungen nutzen; es war kalt auf dem Boden. Er lauschte konzentriert in die Räume hinein. Entfernt tropfte ein Wasserhahn, dann das Knacken der Balken des Andreaskreuzes an dem die verschiedenen Aufhängungen montiert waren, die viel leisten mussten und sich nun, der Last entledigt, erholten.

Haben sie mich vergessen, fragte er sich. Auch wenn tatsächlich die eine ihn hier vergessen haben sollte, so wird vielleicht doch die andere, die menschlichere, an ihn denken und umkehren, um ihn zu befreien. Ewa, sie war die menschlichere der beiden, sie würde sicher Mitleid mit ihm haben! Sie war schon einmal beinahe auf seine Täuschung hereingefallen. Um ein Haar hätte er wieder die Oberhand gewonnen und sein Werk fortgesetzt. Sein Penis ersteifte bei dem Gedanken.

Plötzlich hörte er ein leises Stöhnen.

**

Hanna legte sich auf ihre Ledercouch und zog die Beine an sich heran. Sie nahm die Maske ab und fuhr sich durch das feuchte Haar, sah dabei zu Ewa herüber, die sich neben sie hinsetzte und sich ebenfalls von der Maske befreite.

Dann lehnte sie sich zu Ewa herüber, schmiegte sich an sie heran und begann zu flüstern:

„Ewa, ich habe einen Anruf bekommen. Der erste Kunde, und ausgerechnet jetzt! Er hat heute Morgen meine Anzeige im Internet gelesen und sich nach den Konditionen erkundigt. Er sagte, dass er jeden Preis zahlen will, wenn er ganz bestimmte Wünsche erfüllt bekommt bei einer Session zusammen mit einer Gummipuppe. Er ruft in einer Stunde wieder an. Ich werde ihm wohl absagen müssen, denn als ich das Wort Gummipuppenspiele in die Anzeige setzte, hatte ich eigentlich eher daran gedacht, meine Kunden zu einer Gummipuppe zu transformieren."

Sie machte eine kurze Pause und redete dann etwas lauter weiter:

„Das verdammte Schwein! Der weiß noch immer nicht, was er getan hat. Was meinst du wohl, wie es wird, wenn der von einem Richter verurteilt wird? Er bekommt psychologische Betreuung, ein Seelenklempner wird nach seiner Kindheit fragen, nach seiner Mutter und nach seiner kaputten Ehe ohne Sex. Zwei Jahre später ist der ein freier Mann, weil er den Psychologen überlisten konnte. Und dann wird er wieder vergewaltigen oder sogar morden. Und seine Opfer? Wer wird jemals seine Opfer fragen? Sie bleiben anonym, wenn sie die demütigenden Behandlungen beim Arzt, die Presse, die Fragen des

Richters und die intimen Fragen der Anwälte scheuen. Sie bleiben alleine und sind auf sich gestellt!"

„Hanna, ich weiß nicht, wir sind nicht das Gesetz. Es ist gefährlich, was wir hier machen! Es ist nichts anderes als Selbstjustiz auszuüben!"

„Es ist nicht nur für uns! Wir machen es auch für die, die sich nicht gewehrt haben, für alle Vergewaltigungsopfer, die sich jede schlaflose Nacht darüber ärgern, aus Angst nicht zugetreten zu haben. Für die Frauen, die sich noch heute wünschen, nur einmal mit ihrem Vergewaltiger alleine zu sein und ihm die Schmerzen, die Demütigungen, die Entwürdigungen oder auch die Einschüchterungen zurückzuzahlen! Und was meinst du Ewa, ob diese Frauen uns für unser Handeln verurteilen würden, oder würden sie es befürworten?"

„Ich hatte daran gedacht, dass wir nicht viel besser sind als er, wenn wir jetzt weitermachen!"

„Fühlst du eine sexuelle Erregung bei dem, was wir machen?", fragte Hanna leise.

„Ja, das tue ich, und das beunruhigt mich."

Ewa war verlegen und antwortete erst nach einigem Zögern.

Sie wich Hannas Blick aus.

Henri, Hanna und sie hatten die Reize, aber auch die Gefahren dieser sexuellen Spielart von Dominanz und Unterwerfung erkannt, dachte Ewa. Sie wusste aus eigener Erfahrung, wie riskant es sein konnte, wenn Sadismus freie Fahrt bekam. Daher hatten sie ihre Spiele bewusst eingegrenzt und immer nur bis an diese Grenzen ausgelebt. Das hatte die drei stets immun gegen die Verführungen in ihrem Leben gemacht, und diese Spielchen waren, auch wenn sie für Henri oft schmerzhaft waren, im Grunde harmlos.

In jedem Menschen steckte wohl ein kleiner Sadist, der nur darauf wartete, seine Chance zu bekommen. Und Hornstein war gefährlich, denn er war sich im Gegensatz zu ihnen seiner sadistischen Tendenzen vielleicht überhaupt nicht bewusst, hatte diese möglicherweise immer unterdrückt. Wächter und Folterer in Gefangenenlagern waren sicher auch keine Sadisten, die sich zum Sadismus bekannten. Sie waren, wie Hornstein, erzogene, gebildete und brave Leute, bis sie in eine Situation gerieten, in denen sie es plötzlich ausleben konnten. Sicher waren sie nach ihren Taten nicht einmal entsetzt über sich, weil ihnen das Verantwortungsbewusstsein fehlte.

Ewa wurde sich nun darüber bewusst, dass sie mit Hanna inzwischen die Grenzen überschritten hatte. Sie schüttelte nachdenklich den Kopf und sah dann wieder zu Hanna, deren Gesicht ganz dicht an ihres war.

„Hanna, die Latexwäsche und vor allem die Gasmaske kapseln mich aus der Realität ab. Die Maske beeinträchtigt auf der einen Seite das Sprechen, Sehen und Hören und reduziert mich auf das Fühlen, aber sie bringt mich auch näher an mich selbst heran. Ich fühle mich unantastbar, über allem stehend. Sie macht mich frei von allen Zwängen. Es ist ein berauschendes Gefühl, welches mich sexuell erregt und gleichzeitig auch etwas ängstigt. Ich fürchte, dass ich mich nicht mehr wie gewohnt unter Kontrolle habe."

„Auch mir ist nicht ganz wohl bei allem. Aber um das zu verstehen, was seine Opfer fühlten, muss er ebenfalls zu einem werden, in jeglicher Konsequenz. Um die Bestie in ihm zu töten, müssen wir beide ebenfalls zu Bestien werden. Er hat den dunklen Aspekt in mir erweckt. Kurz bevor er mich vergewaltigen wollte, hatte ich eine Eingebung, eine Vision, in der ich diese Bestie sah."

Ewa sah in Hannas Augen ein Flackern, so als würde dahinter ein Feuer lodern, welches nur darauf wartet, zu einem Flächenbrand zu werden. Was würde geschehen, wenn sie jetzt nicht damit aufhören? Hanna hatte aber Recht, früher oder später würde Hornstein weitermachen, dachte sie. Ihr Blick wanderte über den Körper ihrer Freundin, die sich dicht an sie geschmiegt hatte. Der schwarze Ganzkörperanzug und die feste Korsage darüber verliehen Hanna eine aufregende Figur. Wenn sie gleich die Masken wieder aufsetzen würden, waren beide nicht mehr voneinander zu unterscheiden. Sie waren dann zwei Wesen, die für einen menschlichen Verstand nicht fassbar waren, Furcht und Erschrecken auf diesen ausübten konnten. Sie fuhr mit der Hand durch Hannas feuchte Haare und zog dann ihren Kopf sachte zu sich.

Hanna hatte die Handfläche auf Ewas Hüfte gelegt. Es war ein faszinierendes Erlebnis, über das glatte Material zu streichen, das sich um die Körper spannte. Es war jedes Mal eine kleine Arbeit, die hautengen Ganzkörperanzüge anzuziehen, aber das Ergebnis entschädigte für die schweißtreibende Mühe: keine Falte verunzierte die Körper. Als Ewa die Beine anzog, um sich noch dichter an Hannas Körper zu schmiegen, konnte sie sogar ihre Schamlippen im Schritt erkennen, die sich leicht unter dem Latex abzeichneten. Wie sehnte sie sich danach, den Verschluss zwischen Ewas Beinen zu öffnen und ihre Freundin zu berühren, die Scham zu liebkosen.

Sie hörte Ewas flüsternde Stimme ganz dicht an ihrem Ohr:

„Wenn der Kunde nachher wieder anruft, dann sagst du ihm, dass er herkommen soll. Ihm soll der Wunsch nach einer Gummipuppe erfüllt werden. Wir werden ihn zu unserem willigen Werkzeug machen. Ich will Hornstein entblößen, bis sein Kern freigelegt ist. Und dann werden wir die Bestie in ihm töten. Hanna, und ich habe das Verlangen, die Gasmaske wieder aufzusetzen. Aber vorher …"

Ewa unterbrach ihren Satz, schluckte und zog Hannas Kopf ganz zu sich heran. Kurz hielten die Frauen inne, Blicke trafen sich. Sie legte ihre Lippen

auf Hannas Mund. Zuerst trafen sich die Zungen-
spitzen, erkundeten sich zurückhaltend, begannen
immer neckischer miteinander zu spielen, um in
einem leidenschaftlichen Kuss zu enden. Hanna
spürte Ewas Hand mit ihren Haaren spielen, die
Fingerspitzen auf ihrer Kopfhaut, ließ ihre eigene
Hand auf Ewas Hüfte kreisen, dann sachte zwischen
die Schenkel ihrer Freundin gleiten. Sie lehnte die
Stirn an die von Ewa und sie sahen sich gegenseitig
tief in die Augen. Alles um sie herum war vergessen.
Nur noch sie selbst existierten, ihre Körper und das
Verlangen. Alles andere, das Zimmer, das Ledersofa,
Hornstein, der nackt und gefesselt im Raum neben-
an lag, alles verschwand aus ihrer Wahrnehmung.

Ewa spürte Hannas Finger zwischen ihren Schenkeln, wohlige Wärme erfasste den Unterleib und ein
feuchter Film legte sich um die Schamlippen. Sie
folgte dem Beispiel ihrer Freundin und ihre Hand
suchte den Reißverschluss im Schritt von Hannas
Bodysuit. Sie fand den Weg wie von allein, die
Handschuhe saßen straff, drückten aber kaum und
glitten wie von selbst dorthin. Bis sie den Reißverschluss geöffnet hatte, vergingen nur Sekunden. Sie
legte ihre Handfläche auf Hannas Unterleib und ließ
dann die Spitze des Mittelfingers in die feuchte
Wärme von Hannas Vagina eintauchen. Sie hörte
Hannas gedämpftes Stöhnen. Mit der freien Hand
begann sie nun über ihre Gesichter zu streicheln,
fuhr mit der flachen Hand über Wangen und durch

die langen Haare. Hanna hatte die Augen geschlossen und ihr Körper bewegte sich im Rhythmus ihres Atems, sie hatte den Mund geöffnet und jeder Atemzug wurde von einem leisen Stöhnen begleitet.

Die erregenden Eindrücke verstärkten sich. Das leise Stöhnen von zwei Frauen in sexueller Ekstase vermischte sich mit dem feinen Geräusch der Latexwäsche, die sanft auf der ledernen Oberfläche des Sofas rieb. Sie fühlten die Geborgenheit der Wäsche und die Intimität ihrer ineinander verschlungenen Körper. Der süßliche Gummigeruch stimulierte sie, und unter dem hautengen Latex war das Streicheln der Hände wie sanftes Kribbeln von Elektrizität.

Ewa spürte Hannas Finger, gekonnt stimulierte er Klitoris und Schamlippen, drang dann unvermittelt tief in sie ein. Ewa keuchte laut auf. Wohlige Wärme und ein sanftes Kitzeln breiteten sich im Unterleib aus, glühende Fäden zogen von dort in den gesamten Körper hinein.

Die rhythmischen Bewegungen der Mittelfinger, die Gänsehaut unter dem Latex und der leichte Schweißfilm darunter verbanden sich zu einem erregenden Gefühl der Leidenschaft. Jede Bewegung machte ihre Schenkel immer klebriger, im selben Zug stieg die Erregung mehr und mehr an, verstärkte das lustvolle Ziehen in den Unterleibern. Schneller, heftiger, ungestümer … und dann – endlich – entlud sich die Lust in dem ersehnten Orgasmus. Das zunächst rhythmische Stöhnen wurde lauter und schwerer, und es verstärkte sich schließlich zu einem hemmungslosen, fast schon klagendem Aufschreien der beiden Frauen.

Obwohl die Bewegungen schwächer wurden, der Orgasmus abebbte, hielten sie aneinander fest, bis sich die Körper vollkommen beruhigten. Fest ineinander verschlungen lagen sie nebeneinander auf dem Sofa. Ihre erschöpften Körper verlangten nach Entspannung.

***

Hornstein kannte dieses Aufstöhnen nur zu gut. Es war ähnlich wie das, was er von den Prostituierten hörte, wenn sie ihm einen Orgasmus vorspielten, während er für viel Geld Vergewaltigungsspiele an ihnen ausübte. Dieser Ton war aber anders und ängstigte ihn, denn er strahlte Intimität aus, Liebe und Leidenschaft, Dinge, die er nie erfahren konnte. Er begann nun wieder zu zittern und dachte an die vergangenen Stunden, an die Todesangst, die Plastiktüte die ihm die Luft nahm, den nicht auszuhaltenden Druck in den Lungen, als der Sauerstoff ausblieb. Dann der Blick durch die Plastikfolie auf die götzenhaften Masken, wie dämonische Gottheiten aus grauer Vorzeit. Wann würden sie zurückkehren, die schwarzen Masken?

Die Antwort kam mit einem leisen Zischen und einem Klatschen auf den Rücken. Ein sehr kräftiger Hieb, überraschend, aus dem Nichts. Ein zweiter und dritter Streich trafen ihn, doch niemand gab sich zu erkennen. Brennender Schmerz. Was war es, was ihn hier umschlich? Nun spürte er die Spitze eines harten Stocks auf der Brust, sie verharrte dort, als sollte gleich ein tödlicher Degenstich folgen. Hornstein lag wie versteinert, Schmerz durchzog seinen Körper. Dann spürte er, dass seine Füße endlich vom Kreuz befreit und ihm darauf Fußfesseln angelegt wurden. Er war weiterhin seines Augenlichts beraubt, trotzdem arbeitete sein Hirn. Es müssen wieder zwei sein, mindestens, die sich Raubkatzen ähnlich auf leisen Sohlen anpirschten, um ihren Spaß mit der Beute zu haben, dachte er. So klein fühlte er sich nun, dieser geheimnisvollen Macht ausgeliefert. Er hörte, wie sie sich setzen, spürte förmlich ihre musternden Blicke. So ließen sie ihn noch eine kurze Weile auf dem Boden, bis sich plötzlich eine Schlinge um seinen Hals zog und er wieder diese durchdringende Stimme hörte:

„Du hast jetzt den Draht einer Stockschlinge um den Hals. Dieses Werkzeug wird für den Fang von Wildtieren gebraucht und ist sehr effizient in seiner Wirkung. An meinem Ende des Stabes kann ich einstellen, wie stark sich die Drahtschlinge auf deiner Seite zuzieht. Also sei auf der Hut! Wenn du auch nur eine falsche Bewegung machst, dann wird sie sich so erbarmungslos zuziehen, dass du elendig stranguliert wirst. Hast du mich verstanden?"

Er nickte heftig.

„Also, auf die Knie mit dir!", befahl Hanna und drehte am Zugrad, so dass sich der Metalldraht in das Fleisch am Hals schnitt.

Er krächzte auf vor Schmerz. Schwerfällig kam er der Aufforderung nach, bis er die Stellung eingenommen hatte, die ihm vorgegeben wurde.

„Auf geht's! Auf den Knien kriechst du vor mir her und lässt dich jetzt nur noch vom Zug der Schlinge und vom Stock leiten! Du kriechst genau dahin, wohin ich dich leite!"

Er kroch, die Hand- und Fußgelenke mit Ketten gesichert, nackt über den Fußboden voran. Er stieß kurz an einen Türrahmen und ein Ruck am Halsband ließ ihn links in den Flur, dann nach einigen Metern wieder nach rechts einbiegen. Er spürte kalte Fliesen unter den Knien, es musste im Badezimmer sein. Dann wurde die Bewegung gestoppt.

„Bevor wir dich jetzt einer gründlichen Reinigung unterziehen, erzähle den Ladys noch etwas mehr von deiner Mutter!"

Ewa und Hannas Methoden zeigten Wirkung, Hornsteins Wille war mehr und mehr gebrochen, jegliche Widerstandskraft aufgezehrt. Lange hatte er die Erinnerungen verdrängt, waren im Laufe der Jahrzehnte immer mehr zu einem verschwommenen

Licht im Nebel der Vergangenheit geworden – vergessen waren sie nicht. Und nun begann sich der Nebel mehr und mehr zu lichten. Als ihm der Mundreißverschluss der Ledermaske geöffnet wurde, begann er mit weinerlicher Stimme zu reden:

„Das Bettlaken war wieder nass. ‚Du Ferkel, es ist wieder alles feucht', schrie sie mich an. Dann zog sie mich aus! Ich war so nackt und schutzlos und hatte Angst. Dann zog sie mit der Hand an meinem Penis und hielt ihn in eine geöffnete Schere. ‚Du kleines Ferkel! Soll ich ihn abschneiden, damit du die Schweinerei nie wieder tust? Soll ich ihn dir abschneiden?', schrie sie mich immer wieder an. Jeden Morgen beim Aufstehen diese Angst."

„Das reicht! Vorwärts! Auf die Toilettenschüssel mit dir und danach werden wir dich säubern!", hörte er eine Stimme und bemerkte, dass der Verschluss wieder zugezogen wurde. Dann spürte er wieder den erbarmungslosen Zug der Schlinge, er kroch voran und wurde dann auf eine Toilettenschüssel gehoben.

Tag 6: Schuld und Sühne

Dunkelheit und Stille, Bewegungslosigkeit. Hornstein war sämtlicher Sinne beraubt, sein Gehirn war ganz auf sich gestellt, ohne Eindrücke und Wahrnehmungen. So drangen die Geister und Schemen in die entstandenen Freiräume, dorthin, wo sonst Licht, Ton und Tastsinn für rationales Denken sorgen. Es entstand Platz für Fantasien und Halluzinationen. Trugbilder erschienen in seinem Hirn und verblassten wieder.

Er sah sich gefesselt in einer Gefängniszelle.
Einzelhaft, Dunkelzelle.
Die beiden maskierten Wärterinnen stehen an der geöffneten Stahltür, zwei Frauen in schwarzen Lederuniformen gekleidet, mustern ihn schweigend durch ihre grotesken Masken.

Ich will sie nicht sehen, will die Augen verschließen. Wollen sie mich abholen? Wohin bringen sie mich? Werde ich jetzt gerichtet, für das Bettnässen, für meine Triebe, für die Vergewaltigungen?

Ich werde aufgefordert, aufzustehen. Sie packen mich an den Armen und führen mich in den dunklen Gefängniskorridor. Lange Zeit führt man mich durch einen dunklen Tunnel, kein Licht am Ende, nur Dunkelheit. Dann spürt mein rechter Fuß plötzlich keinen Halt mehr unter sich, so als würde ich vor einem Abgrund stehen. Zunächst nur, dann habe ich wieder festen Boden unter den Füßen. Der linke Fuß folgt in gleicher Weise. Es geht hinab. Eine Treppe führt in eine unbekannte Welt. Ich bin unsicher und habe Angst, gefoltert, vergewaltigt oder kastriert zu werden. Unsicher bleibe ich stehen. Dadurch verstärkt sich der Griff der Wärterinnen. Ein Ruck lässt mich wieder parieren, chancenlos - werde ich von ihnen in die Tiefe gezogen, schweigend und zielstrebig führen sie mich meinem Schicksal zu.

Er war kaum noch in der Lage, Realität und Einbildung zu unterscheiden. Die permanente Angst und das Gefühl des Ausgeliefertseins beherrschten den Verstand. Der Hals schmerzte und er dachte an den sich immer fester um seinen Hals ziehenden Draht. Zuletzt wurde er nackt auf einer Toilettenschüssel gesetzt, wurde dabei peinlich von den gefühllosen Blicken der schwarzen Wärterinnen beobachtet. Dann hatte man ihn gezwungen, sich in eine Badewanne zu legen, er spürte den stechenden Schmerz des eiskalten Wassers auf seinem Körper, der ihm den Atem raubte. Dann der Schmerz der harten Borsten einer Bürste an seinen Geschlechtsteilen.

Das schrille Klingeln der Wohnungstür war die erste reale Wahrnehmung nach einer unendlich langen Zeit, für die Hornstein längst das Gefühl verloren hatte und in der er oft kurz davor stand, sich unwiderruflich in einer Welt der Wahnbilder zu verlieren. Er lauschte wieder den Geräuschen.

***

„Zwanzig Uhr! Er ist pünktlich! Und er ist nicht gerade hässlich! Sieh selbst!", flüsterte Hanna und ging einen Schritt zurück, so dass ihre Freundin durch den Türspion blinzeln konnte. Durch das kleine Glas konnte Ewa einen Blick auf den ersten Kunden erhaschen, der mit seinem schwarzen Anzug eher wie ein Mitglied einer Hochzeitsgesellschaft als wie ein Kunde in einem Dominastudio aussah.

Hanna öffnete die Tür und ließ den Mann herein. Er war etwas unsicher und man sah ihm die Aufregung an. Nach einem kurzen Vorgespräch – viel Zeit benötigte Hanna nicht – wies sie ihm ein kleines Umkleidezimmer zu.

„Du ziehst dich darin aus. Wenn du fertig bist, klopfst du dreimal an die Tür deines Umkleideraums und kommst auf allen vieren heraus, nackt und nur mit der Latexmaske bekleidet. Dann werden wir Zeit finden, uns mit dir zu beschäftigen.", befahl Hanna dem Mann.

Offenbar hatte sie bei dem Kunden den rechten Ton getroffen, denn er sagte kein Wort und verschwand in der kleinen Umkleidekammer. Als die Frauen wieder allein waren, zog Hanna ihre Freundin an sich heran. Beide hatten ihre Masken abge-

nommen und trugen jetzt noch die Ganzkörperanzüge mit den Unterbrustkorsagen und die Stiefel.

„Wir ziehen mit ihm zunächst das durchgespro-
chene Programm durch. Ich bin die Domina und du
meine Gehilfin. So wie der aussieht, haben wir ihn
innerhalb von einigen Minuten weichgeklopft und er
frisst uns aus der Hand. Wenn wir hier mit ihm fertig sind, begleiten wir ihn in die Klinik, wo er auf die
von ihm gewollte Gummipuppe treffen wird. Naja,
… er hat wirklich sehr spezielle Wünsche. Aber er ist
mein Kunde. Er wird genau das bekommen, was er
verlangt und wofür er bezahlt hat. Vielleicht bekommt er etwas mehr für sein Geld, aber auf keinen
Fall weniger. Und er wird gleichzeitig unser Mittel
zum Zweck werden."

Ewa schaute ihre Freundin an. Sie hatte sich seit
dem Vorfall von vor vier Tagen – so lange war
Hornstein bereits in ihrer Gewalt – vollkommen
verändert. Sie war wie ein Racheengel, brennend im
Zorn und mit lodernder Wut gegenüber dem Menschen, der sie vergewaltigen wollte. Während Ewa
tief in sich spürte, dass sie noch immer wankelmütig
war und sich nicht festlegen konnte, wie Hornstein
weiter behandelt werden sollte, war Hanna ent-
schlossen, sich nicht von ihrem einmal gefassten
Vorhaben abbringen zu lassen.

Dann klopfte es dreimal leise aus dem Umkleideraum. Hanna drehte sich von ihrer Freundin weg,

nahm die Reitgerte in die Hand und ging zu der Tür, an der es soeben geklopft hatte.

Ewa stellte sich derweil in den Türrahmen zum Studio. Von hier aus konnte sie Hanna bei ihrer Arbeit mit dem ersten Kunden zusehen.

Hanna öffnete die Tür und der jetzt nackte und nur noch mit einer schwarzen Latexmaske bekleidete Mann kam auf allen vieren aus dem Umkleideraum herausgekrochen.

„Halt! Stopp! Nicht so stürmisch! Wer hat dir gesagt, dass du weiter als bis zur Türschwelle kriechen sollst?", fragte Hanna barsch und drückte dem Mann kurzerhand ihre harte Stiefelsohle ins Gesicht.

„Niemand, keiner hat es gesagt."

„Was sagt eine Made wie du, wenn sie einen Fehler begangen hat?"

„Ich habe mich für die Unachtsamkeit zu entschuldigen."

„Also, wiederhole den Satz!"

„Niemand, keiner hat mir erlaubt, über die Schwelle zu kriechen. Entschuldigen Sie bitte meine Unachtsamkeit."

„Sag, wie ist dein Name!"

Er überlegte.

„Timo", antwortete er nach kurzem Zögern.

„Gut, Timo, ich werde dich dann ab sofort Pimmel nennen! Gefällt dir der Name?"

„Ja!"

„Was heißt hier ja? Ich bin Miss Latexa, und die Dame dort in der Tür, das ist die Herrin Ewa! Muss ich dir wirklich alles erklären, hm?"

Hanna ging in die Hocke, so dass sie sich genau vor dem auf dem Boden knienden Mann befand. Sie griff ihm unter das Kinn und zog seinen Kopf hoch, so dass er zu ihr aufschauen konnte.

„Muss ich dir denn wirklich alles erklären? Du antwortest jetzt noch einmal! Aber so, wie es sich für einen kleinen Pimmel wie dich gehört!", befahl Hanna mit genervtem Tonfall und ließ zur Unterstreichung ihrer Anweisung die Reitgerte kräftig auf den Mann niedersausen, der laut aufschrie und darauf stammelte:

„Miss Latexa, Herrin Ewa, ich bin dankbar, dass ich mich in Ihrer Gegenwart mit dem Namen Pimmel ansprechen lassen darf."

„Sehr gut! Du scheinst wohl doch gute Umgangsformen zu haben und weißt dich in Gegenwart der Herrinnen zu benehmen. Also los, weiter mit dir!"

Ein kleiner Klaps mit der Reitgerte veranlasste ihn, voranzukriechen. Als er Ewa passieren wollte, hob diese ihren Fuß und drückte den Fußrücken von unten gegen seine Kehle, so dass er wieder stoppen musste. Hanna ließ ihre Reitgerte wortlos auf den Boden fallen und schlenderte zu einem Lehnstuhl in der Ecke des Raumes weiter.

„Worauf wartest du noch, kleiner Pimmel? Apportiere das Stöckchen! Und dann bringst du es zur Herrin!", befahl sie und ließ sich nieder.

Ewa senkte den Stiefel. Dann nahm er die Reitgerte mit dem Mund vom Boden auf und kroch zu seiner Herrin, stoppte vor ihr und schaute sie erwartungsvoll an. Ewa musste lächeln und an einen Hund denken, welcher gerade einen Stock zu seinem Frauchen zurückgebracht hat.

Hanna räkelte sich in ihrem Lehnstuhl, legte dann einen Ellbogen auf die Lehne und stütze sich das Kinn auf ihrer Handfläche ab. So schaute sie ihn für eine Weile missbilligend an, bis sie schließlich auflachte und die Ruhe unterbrach:

„Fragst du dich nicht, warum ich dich kleiner Pimmel nenne? Du darfst für die Antwort die Reitgerte vor dir ablegen."

Er tat, was sie sagte und antwortete:

„Nein, Miss Latexa, mir ist nicht bekannt, warum Sie mir diesen Namen gegeben haben."

„Ich habe dich so genannt, weil da nur ein ganz kleiner Pimmel zwischen deinen Beinen baumelt."

Sie nickte mit der Stirn zu dem Objekt ihrer Worte.

„Sieh doch nur einmal, wie klitzeklein und schlaff er ist! Du willst doch bestimmt – genau wie die Herrin es sich wünscht – einmal einen ganz großen und steifen Pimmel bekommen, oder? Du willst doch sicher ein richtiger Mann sein, wenn du vor die Gummipuppe trittst, kleiner Pimmel?"

„Ja, Miss Latexa, der kleine Pimmel ist beschämt, dass er die Herrin so enttäuscht!"

„Und du bist sicher derselben Meinung wie ich, dass wir das ändern müssen?"

„Herrin, ja, Herrin!"

„Also, auf geht's!", sagte Hanna und nickte der gegen den Türrahmen gelehnten Ewa zu. Die trat darauf hervor und nahm die Reitgerte an sich.

„Die Herrin Ewa wird nun dafür sorgen, dass wir bald einen ganz strammen Pimmel sehen. Das willst du doch auch, oder?"

„Bitte, Herrin, macht mich so, wie ihr mich braucht!", stöhnte er und senkte den Kopf.

Er merkte nicht, dass Ewa sich bereits hinter ihm postiert hatte und mit der Reitgerte zu einem kräftigen Schlag ausholte.

***

Hornstein hatte einige Zeit den beunruhigenden Geräuschen aus dem Nebenzimmer gelauscht. Er hörte das Lachen der zwei Frauen und das Knallen und Klatschen von Schlägen, die von Schmerzensschreien eines Mannes begleitet wurden. Für kurze Zeit trat eine trügerische Ruhe ein, die nur ab und an von Kettengerassel und vom Stöhnen des unbekannten Mannes unterbrochen wurde.

Wer war er? Warum wurde auch er jetzt gequält? Vielleicht war er ebenfalls ein Gefangener, einer, der so war, wie er? Hatte dieser Mann ähnliches getan?

Seine Gedanken wanderten wieder zurück. Es erhob sich der stille Vorhang der Erinnerung und er sah das angstverzerrte Gesicht des jungen Mädchens vor sich. Es hatte alle Gegenwehr aufgegeben und sich gefügt, hatte sich seiner Macht ergeben und den steifen Penis ohne Gegenwehr in sich eindringen lassen. Dann fühlte er wieder ihren Hals, als sich seine Hände darum legten. Er drückte zu, spürte unter sich das Zucken ihres Körpers. Und schließlich sah er ihre Augen, die mit gebrochenem Blick in den Himmel starrten. Und dann war da nur noch Stille, nur unterbrochen vom Vogelgezwitscher aus dem dichten Blattwerk der Bäume.

Nach einer für ihn schier endlosen Zeit hörte er, dass sich die Tür zu dem Raum öffnete, in dem er – wie er trotz seiner eingeschränkten Sinne glaubte – in einer ungewöhnlichen Stellung auf einer Art Stuhl liegen musste.

Für eine Weile waren erneut die so beängstigenden Atemgeräusche zu hören: Luft, die durch Filter und Schläuche zischend ein- und ausgeatmet wurde. Die Gefängniswärterinnen waren da, sie beobachteten ihn und würden ihn nun abholen. Sie würden ihn bestrafen, für die toten Frauen, die Schändungen und das Bettnässen. Gleich schon würden sie ihn ergreifen und zu der dunklen Treppe führen, da wo tief unten das Schicksal auf ihn wartete.

Dann fühlte er eine Hand an seinem Hinterkopf. Eine Augenbinde wurde ihm abgenommen und es wurde erstmals wieder seit langer Zeit hell um ihn. Das kühle Licht von Neonröhren blendete seine Augen und er musste sie für eine Weile schließen. Nur langsam gewöhnte er sich an die Helligkeit, so dass er erst nach und nach die Einzelheiten um sich herum erkennen konnte: weiße Fliesen an den Wänden und auf dem Boden, ein Metalltisch in der Ecke und weiße Vitrinen an den Wänden, in denen zahlreiche medizinische Instrumente auf den Einsatz warteten. Dann erkannte er eines der beiden weiblichen Wesen mit der Gasmaske neben sich, das nun eine weiße Schwesternschürze über ihrer schwarzen Latexhaut trug und von der außer dem rhythmischen Atem unter der Maske nichts zu hören war. In den runden Sichtgläsern der Maske spiegelten sich die weißen Wandfliesen und verströmten eine furchterregende Aura. Er begann am ganzen Körper zu zittern. Wie oft hatte er mit Mutter den Arzt besuchen müssen, der mit dem Arztspiegel an der Stirn seinen Penis musterte, daran zog und abschätzend daran herumtastete. Er hörte plötzlich ganz deutlich die greise Stimme des Arztes:

„Ihr Sohn ist also Bettnässer, Frau Hornstein?"

„Nein, Mutter, bitte nicht wieder zum Arzt", flehte Hornstein und reckte seinen Kopf nach oben.

Dabei sah er, dass an der Zimmerdecke ein Spiegel angebracht war.

Und nun erkannte er das Ausmaß seiner Lage: Er saß auf einem Gynäkologenstuhl. Die Arme und Beine waren fest an den dafür vorgesehenen Auflagen fixiert. Er war jedoch nicht mehr nackt, sondern die Wärterinnen mussten ihn während seiner Bewusstlosigkeit angezogen haben, denn er sah sich im Spiegel mit Frauenkleidern, war zu einer Frau transformiert worden. Deutlich konnte er die Wölbungen von künstlichen Brüsten unter einer weißen, glänzenden Damenbluse ausmachen, und er sah den schwarzen Minirock, die matt schimmernde Latexstrumpfhose und die schwarzen Lackpumps, die sie ihm angezogen hatten. Dann bewegte sich die bisher so reglose Frau neben ihm und sprach in einer Stimme, die ihn fast um den Verstand brachte:

„Es wird Zeit, das letzte Kapitel abzuschließen. Du wirst nun auf das vorbereitet, was danach auf dich warten wird! Aber vorher wirst du noch einmal von dir erzählen. Denk nach und erzähle mir von deiner Mutter!", hörte er die Stimme hinter der Maske.

Plötzlich erschien ihm alles klar vor Augen und er begann von seiner Kindheit zu erzählen. Hornstein konnte sich jetzt wieder an seine ersten sexuellen Empfindungen erinnern, nachdem ihm am Todestag seiner Mutter – er war gerade zwölf Jahre alt - ein abgegriffenes Buch aus der Bibliothek in die Hände fiel. Das Buch mit dem Titel Legenden der Heiligen erzählte von Märtyrern, die in Gefängnissen schmachteten, auf heiße Roste gelegt wurden, in Töpfe mit siedendem Öl geworfen oder von Pfeilen durchbohrt wurden. Sie erlitten schlimmste Qualen, als sie ans Kreuz genagelt oder wilden Tieren vorgeworfen wurden. Die gefühlsmäßige Mischung aus Horror und gleichzeitigem Entzücken ließ seinen Penis beim Lesen der Zeilen und Betrachten der alten Holzstiche vor Erregung ersteifen. Gewalt erschien ihm wie Poesie und er stellte sich vor, in die Rolle der Folterknechte zu schlüpfen.

„Nachdem ich das Buch gelesen hatte, verließ ich in der Nacht das Bett, um sie am Totenbett in ihrem Schlafzimmer zu besuchen. Dann warf ich mich vor das Bettende und küsste ihre kalten Füße, so wie Gläubige es tun, wenn sie die Füße eines toten Erlösers küssen. Eine unwiderstehliche Sehnsucht ergriff mich. Ich stand auf, umarmte den kalten Körper und küsste ihre schmalen Lippen. Ein tiefer Schauder überfiel mich bei dem Gedanken. Ich hatte meine Erfüllung gefunden."

Er atmete tief ein, machte eine kurze Pause und sprach dann weiter:

„Die Schwester meiner Mutter nahm mich bei sich auf, wo ich bis zu ihrem Tod lebte. Sie war eine schöne Frau mit einem majestätischen Lächeln. Aber ich hasste diese Witwe, deren Mann ich nie kennengelernt hatte, und mein Verhalten ihr gegenüber war so unhöflich, bösartig und umständlich wie nur möglich. Ihre Bestrafung war fürchterlich. Ihre knochigen Finger ergriffen mich und fesselten meine Hände und Füße trotz meines Widerstandes. Dann rollte sie die Ärmel ihrer weißen Seidenbluse auf und sie begann, mich mit einem dicken Bambusstock zu schlagen. Ich musste meinen Kopf in ihren Schoß legen und roch den Geruch, den alte Menschen ausströmen. Sie stöhnte auf und schlug so hart, bis das Blut floss, bis ich weinte und weinte, und um ihre Barmherzigkeit bettelte. Ich musste runter auf meine Knie. Dann dankte ich ihr für die Bestrafung und küsste die dünne und fleckige Pergamenthaut ihrer knochigen Hand."

„Schluss, das reicht! Ich habe genug gehört. Wir haben entschieden, dich leben zu lassen, jedoch wirst du dir danach wünschen, dass es nicht so gewesen wäre", sagte das schwarze Wesen und verklebte seinen Mund mit Paketband.

Dann zog sie ihm eine Theatermaske über den Kopf und er erkannte jetzt durch die kleinen Augenlöcher der Maske, dass ihm sein männliches Antlitz geraubt worden war. Er war vollends zu einer Frau geworden! Lange blonde Haare rahmten eine weibliche Gesichtsmaske mit rot geschminkten Lippen und Wangen sowie grell geschminkten Augen ein. Wenn das Klebeband auf dem Mund es nicht verhindert hätte, dann hätte er jetzt so laut aufgeheult wie damals als Kind bei dem greisen Arzt, als dieser ihm die erste Spritze gegen das Bettnässen geben wollte.

Dann wurde die Tür aufgerissen.

Hanna kam herein und führte den Kunden in den Untersuchungsraum.

„Das ist die von dir gewünschte Gummipuppe. Sie wartet nur darauf, jetzt von dir genommen zu werden!", sagte sie zu dem nackten und noch immer nur mit einer Kopfmaske aus Latex bekleideten Mann.

Dann schob sie Hornstein den Rock hoch und öffnete einen Reißverschluss im Schritt der Strumpfhose.

Dann wandte sie sich wieder dem Kunden zu und sagte:

„Nun dring schon ein! Befriedige dich an ihr! Auch wenn unsere Gummipuppe anfangs etwas bockig ist, sie wird es mögen, kräftig von dir genommen zu werden."

Hanna hatte sich wie Ewa ebenfalls die Gasmaske aufgesetzt und sich eine lange weiße Schwesternschürze aus Latex umgebunden.

Hornstein sah auf den kräftigen Mann, der sich mit steifem Penis ihm immer mehr näherte, und blickte danach abwechselnd zu den Wärterinnen, die zu beiden Seiten des Stuhls standen und mit verschränkten Armen die Szenerie aus den anonymen

Sichtgläsern der Gasmasken heraus beobachteten. Vergeblich versuchte er, seine Oberschenkel zusammenzupressen.

Der muskulöse Mann grinste und zog mit einem kräftigen Ruck die Schenkel der vor ihm liegenden Person auseinander.

Hornstein hatte dem nichts mehr entgegenzusetzen, er ließ alles willenlos geschehen und fasste jetzt eine bittere Erkenntnis: Er hatte das Stadium erreicht, in dem sich die Frauen befanden, wenn er seine Triebe an ihnen befriedigt hatte. Er war jetzt einer von ihnen geworden, ein Opfer, das nun die schreckliche Erfahrung machen musste, was es bedeutet, vergewaltigt zu werden.

Sechs Monate später: Der Prozess

Auszug aus dem Verhandlungsprotokoll:
Das Gericht war nach nur fünfzehn Prozesstagen ungewöhnlich schnell zu einer Entscheidung gekommen. Dem angeklagten Buchhalter Hornstein konnten mehrere Vergewaltigungen, der Mord an einer dreiundzwanzigjährigen Studentin sowie der Mord an dem Wirtschaftsprüfer Schönfeld, dessen Leiche man in seinem Kofferraum fand, nachgewiesen werden.

Die beiden Betreiberinnen des Dominastudios erklärten im Rahmen der gerichtlichen Anhörung gleichlautend, dass der Angeklagte ein Kunde gewesen wäre, mit dem diese sexuellen Spiele ausdrücklich im gegenseitigen Einvernehmen vereinbart gewesen wären. Im sexuellen Rausch habe er ihnen schließlich die Morde gestanden. Die im Studio vereinbarten und durchgeführten Sexualpraktiken, die vom Angeklagten aufgrund seiner krankhaften sexuellen Neigungen ausdrücklich erwünscht waren, wurden durch das Gericht strafrechtlich nicht in Frage gestellt.

Die Identität eines von der Verteidigung des Angeklagten ins Spiel gebrachten Mannes mit einer Latexmaske konnte nie geklärt werden. Trotz intensiver Ermittlungsmaßnahmen der Polizei wurde der

Zeuge niemals ermittelt. Es bleibt bis heute fraglich, ob es diesen Mann überhaupt gegeben hatte.

Das durch das Gericht in Auftrag gegebene psychiatrische Gutachten ergab, dass der Angeklagte unter einer tiefen Persönlichkeitsstörung litt, die sich immer wieder in sexuellen Gewalttaten entlud. Es sei als wahrscheinlich anzusehen, dass er immer wieder rückfällig werden könnte. Das Gericht entschied daher in seinem Urteil auf eine lebenslängliche Freiheitsstrafe mit anschließender Sicherheitsverwahrung.

Ein Jahr später: Buße

„Es wird Zeit, das Kapitel abzuschließen. Du wirst nun das Fegefeuer erleben und dich auf die Hölle vorbereiten, die nach der letzten Behandlung auf dich warten wird! Wir werden dich leben lassen, du wirst dir danach aber wünschen, dass es nicht so gewesen wäre.", sagte eines der beiden schwarzen Wesen, als er die Treppe in die Dunkelheit hinabgeführt wurde.

Hornstein wachte schweißüberströmt aus dem Traum auf, als ihn mehrere kräftige Hände packten und ihm der Mund zugedrückt wurde. Er öffnete die Augen und blickte in die schattigen Gesichter mehrerer Mithäftlinge. Der Vollmond schien hell und er sah im Lichtschein des vergitterten Fensters, dass einer der Männer seine Hose öffnete und sein erigiertes Glied herausholte.

ENDE

Nachwort

Die erste Idee zu der Geschichte entstand zu dem Zeitpunkt, als ich das siebte Kapitel meines zweiten Buches „Der Tanz des Schwarzen Schwans!" schrieb. An der Stelle, als Ewa und Hanna der Gefahr ausgeliefert sind, von einem unbekannten Verfolger vergewaltigt zu werden, erinnerte ich mich an ein Erlebnis, das ich als Jugendliche zu Beginn der achtziger Jahre in meiner polnischen Heimat hatte. Je länger ich daran dachte, was damals geschehen war, umso mehr Details fielen mir wieder ein und fügten sich schließlich zu einem Bild zusammen, das so viele Jahre vergessen schien.

Ich war damals ungefähr sechzehn Jahre alt. Da es kein Schwimmbad in der Nähe meines Wohnortes in Südpolen gab, traf ich mich mit meinen Freunden in den langen und heißen Sommern zum Schwimmen oft an einem nahe gelegenen Badesee. Dort fielen mir eines Tages bei einer Freundin einige blaue Flecken im Bereich der Hüfte auf. Als ich sie darauf ansprach, wurde sie seltsam still und schwieg, und da ich nicht weiterfragte, vergaß ich die Sache auch schnell wieder. Etwa ein halbes Jahr später begann man im Dorf hinter vorgehaltener Hand darüber zu munkeln, dass die Freundin von ihrem Onkel über einen längeren Zeitraum sexuell missbraucht worden sei.

Obwohl Sex zu diesem Zeitpunkt für mich etwas war, das noch weit außerhalb meiner Interessen lag, begriff ich sofort die Tragweite der Sache. Ich fragte mich damals als Jugendliche schon, was ich wohl an ihrer Stelle gemacht hätte. Hätte ich mich gegen die Anmaßungen des Onkels gewehrt? Wie konnte der Onkel für eine Tat bestraft werden, die totgeschwiegen wurde? Unbestritten ist, dass es in einer von Sozialismus und Kirche bestimmten Gesellschaft einfach keine Vergewaltigungen geben durfte. Sie wurden von Gesellschaft, Staat, Kirche und auch innerhalb der Familien oftmals geleugnet. Mir ist sogar noch ein anderer Fall bekannt, in dem ein Mädchen von seinem Vater gemaßregelt wurde, weil es ihm anvertraute, dass ein Mann aus dem Bekanntenkreis seine Hände, Arme, Gesicht und Hals geküsst hatte. Die Küsse wurden vom eigenen Vater sinngemäß mit Worten wie „Was hast du getan? Dann musst du ihn wohl gereizt haben!" abgetan. Damit wurde die Schuld einfach vom Täter auf das Opfer geschoben, das sich nicht dagegen wehren konnte.

Jedenfalls zog die Freundin eines Tages nach Krakau und ich habe nie wieder etwas von ihr gehört und vergaß den Vorfall bis zu dem Tag, als ich das besagte Kapitel schrieb. Im Gegensatz zu meiner damaligen Freundin verfügten Ewa und Hanna über den Mut und die Mittel, sich gegen ihren Vergewaltiger zu wehren. Diese Idee ging mir nicht mehr aus dem Sinn und ich spann diesen Faden immer weiter. Ich fragte mich, welche Utensilien und Tricks aus dem Dominastudio Ewa und Hanna angewendet hätten, wenn sie mit dem Vergewaltiger allein geblieben wären und ihn weiter in ihrer Gewalt behalten hätten. Was würde geschehen, wenn das, was sie mit Kunden als sexuelles Spiel praktizierten, beim Vergewaltiger plötzlich zu bitterem Ernst werden würde und was geht dabei in dem Täter und in dem Opfer vor? Das wurde eine zentrale Frage, die sich immer mehr in meinem Kopf drehte: Würden Ewa und Hanna sich durch Selbstjustiz auf die Stufe des Mannes begeben, der sie kurz zuvor schänden wollte? Oder wäre Selbstjustiz in diesem Falle zumindest moralisch legitimiert?

Ausgehend vom Kapitel sieben des Buches „Der Tanz des Schwarzen Schwans" habe ich die vorliegende Novelle verfasst, in der ich den Versuch wage, diese Frage in dem dafür sehr ungewöhnlichen Genre des BDSM zu behandeln und siedelte dafür den Großteil der Handlung in einem Dominastudio an. Und vielleicht habe ich Hanna und Ewa stellvertretend für alle Frauen eingesetzt, die das Schicksal meiner damaligen Freundin Kasia teilen mussten und sich vielleicht auch heute noch darüber ärgern, dass sie nie die Gelegenheit bekamen, ihrem Schänder das heimzuzahlen, was er ihnen angetan hat.

Ebenfalls von der Autorin erschienen:

Flieg mit mir, mein Schwarzer Schwan!
ISBN ISBN-10: 3848204053
ISBN-13: 978-3848204052
Verlag: Book on Demand

Der Tanz des Schwarzen Schwans!
ISBN-10: 3732235831
ISBN-13: 978-3732235834
Verlag: Book on Demand

Fly with me, my Black Swan!
ISBN -13: 978-3732246182
ISBN -10: 3732246183
Verlag: Book on Demand